取調室2

死体遺棄現場

笹沢左保

祥伝社文庫

目次

第一章　逃げきれない女

1

　まだ真夜中のように真っ暗だというのに、無人の世界へ出向くのは何となく馬鹿げている。それに、いくら知り尽くしている場所といっても、闇《やみ》の中となると不気味に感じられる。

　だが、あえて出かけることにした。財布を落とした場所は、あそこに決まっている。あそこでタバコを吸おうとして、ジャンパーのあちこちのポケットに手を差し入れた。

　ポケットの中をかき回しては、手を抜き取った。結局、タバコは捜《さが》し当てられなかったが、ジャンパーの左の内ポケットから財布が地上へ落ちたのだ。

　次から次へとポケットを探ることに気を取られていて、財布の紛失といったアクシデントなど予想もしなかった。まったく、間《ま》が抜けている。

そのまま車に乗って、会社へ戻った。会社には、二時間ほどいた。終業時間になって、寄り道せずに帰宅する。風呂《ふろ》にはいろうとして、ジャンパーを脱ぐ。そこで、財布がないことに気がつく。

あわてて、車の中を捜したが見つからない。会社で財布を落としたのであれば、狭い事務所なので誰かが見つけてくれる。やはり、あそこで落としたのである。

財布の中身は現金が二万二千円、テレホンカードが三枚、それに自分と他人の名刺が十数枚だった。簡単に、あきらめがつく遺失物ではない。

特に、二万二千円が惜《お》しかった。坂田修一《さかたしゆういち》は、三十二歳で独身という身分である。勤務先の『明治陶料《めいじとうりよう》』でも、資材主任なるポストについている。

母親と二人暮らしだが、その母親も働いていた。母子共稼《ともかせ》ぎで、惨《みじ》めになるほど貧しい生活はしていない。坂田修一も性格として、決してケチなほうではなかった。

しかし、二万二千円入りの財布が、どうでもいいというふうには割り切れない。惜しいことも惜しいが、それよりも悔《くや》しくて仕方がないのである。

明日の朝、人目につかないうちにあそこへ行き、落とした財布を拾ってこようと、自分に言い聞かせて坂田修一は寝た。そのせいか、午前五時に目を覚ました。

もう、眠れない。坂田修一は、洋服に着替える。冬のような冷気を感じたので、セーターのうえにジャンパーを重ねる。大型の懐中電灯を、二個も用意する。

母親を起こさないようにと、顔も洗わなかった。音を立てないように、玄関のドアをあける。坂田修一は、家の外へ出た。地上はまだ、眠りの中にあった。

吐《は》く息が白くはならないが、寒さに首を縮める。九月いっぱい暑さが続いたのに、十月にはいると急に涼しくなった。さらに十月下旬には、涼しさを通り越して寒いときもあった。

全国的に寒波《かんぱ》の影響を受けているそうで、異常気象という声がしきりに聞かれるこのごろである。それでいて、紅葉《こうよう》が早まるわけでもない。

今日は十月二十九日、日曜日であった。

坂田修一は、古ぼけた乗用車に乗り込む。エンジンもさして大きな音を立てずに、車を道路へと走らせる。道路に出たあとは、JR佐世保《させぼ》線と並行して東へ向かう。

ライトをつけて走るので、なおさら夜道と錯覚《さっかく》しそうだった。いや、夜道のほうがまだ、人や車を見かけることになるだろう。いまは町中でも、人っ子ひとりいない。

車とも、すれ違うことがなかった。人家は闇の中にあり、店の戸をあける商店とて一軒もない。日曜日の早朝となれば、いっそう人々の目覚めは遅い。

東京あたりだと、この季節の日の出は六時ごろである。西九州は、それより三十分以上も遅くなる。しかも山に囲まれた地形となると、朝らしい明るさは七時ごろになってようやく訪れる。

東京でも日の出前の午前五時すぎでは、西九州が闇に閉ざされていても不思議ではない。

有田《ありた》駅、有田町役場、有田郵便局、今右衛門窯《いまえもんがま》、異人館《いじんかん》などの前を通過する。標高《ひょうこう》は山岳にほど遠いが、形だけは峻険《しゅんけん》という感じの山々が前方に、真っ黒なシルエットを描き出す。

間もなく、泉山《いずみやま》であった。

いまから三百八十年ほど前の肥前国《ひぜんのくに》有田、現在の佐賀県有田町は、名も知れぬ山間《やまあい》の地にすぎなかった。その有田が一躍《いちやく》、脚光《きやっこう》を浴びることになる。

李朝《りちょう》の陶工《とうこう》・李参平《りさんぺい》が有田の泉山に、磁器の原料となる白磁鉱《はくじこう》を発見したためである。元和《げんな》二年（一六一六）、家康《いえやす》が死去した年のことだった。

李参平はこの泉山の陶石《とうせき》によって、日本最初の磁器を完成させる。そのときから、ただの山村だったはずの有田は白磁染付《はくじそめつけ》の産地として、世の中の注目を集めるようになる。以来、多くの陶工たちが良質の原料を求めて、有田に移住するという時代が続く。窯《かま》の数も増えて、有田は天下に知られる磁器の生産地となった。

それが有田焼という磁器の固有名詞となって定着し、現代まで佐賀県有田町の繁栄を維《い》持《じ》している。

かつては、有田のすぐ北の伊万里《いまり》の港から外国へ輸出したので、有田焼が伊万里焼と呼ばれたときもあった。つい十数年前までは、有田焼と伊万里焼が別個の焼物だと、誤解している日本人が少なくなかった。

しかし、最近はほとんどの観光客が、正しく理解していることには驚かされる。伊万里焼は伊万里港から輸出されたことで、そう呼ばれた有田焼の別名と、ちゃんと承知しているのだった。

いまでは毎年、四月二十九日から五月五日までの有田陶器市は、八十万人以上の人出で賑《にぎ》わうようになっている。それも全国から、人が集まってくるのである。

いわば有田町の祖である李参平の遺産は、三百八十年の歴史と伝統となって現在に伝えられている。有田町は磁器の日本発祥《はっしょう》の地ということで、代々多くの人間がその恩恵に浴している。

坂田修一も、そうであった。坂田修一が勤務する明治陶料は、陶磁器の原料を生産する会社だった。つまり坂田修一も白磁鉱の陶石のおかげで、生活が成り立っているということになる。

そんなことを意識するわけでもないだろうが、坂田修一は泉山に近づくと挨拶《あいさつ》をするように何となく頭を下げる。それが、習慣になっていた。

有田町で生まれ育っていながら、この泉山で李参平が白磁鉱を発見したのだと、いままでも厳粛《げんしゅく》な気持ちにさせられるのだ。だが、午前五時三十分に泉山へ来たのは、今朝が初めてであった。

泉山地区には、白磁ケ丘《はくじがおか》公園がある。公園といっても、広大な芝生《しばふ》や花園の中の道を散策する、という華やかな光景は見当たらない。まずは駐車場が、備わっている。

ほかに有田町歴史民俗資料館、有田焼参考館《さんこうかん》、陶工の碑《ひ》、李参平の陶像、休憩所などがある。それに眺望《ちょうぼう》としては殺風景《さっぷうけい》だが、壮大《そうだい》な奇観《きかん》といえる泉山磁石場《じせきば》があった。

そこは、巨大な擂鉢《すりばち》に似ていた。三百八十年のあいだ白磁の鉱石の採掘《さいくつ》が続けられ、小山ひとつが削《けず》り取られた跡なのだ。周囲には鉱石が出ない奇岩《きがん》が、むかしのままにそそり立っている。

しかし、ただ公園から見おろすだけの遺跡ではなく、いまもなお採掘が続けられている作業所でもあった。明治陶料のトラックも、この泉山磁石場に出入りしている。

そして今朝の坂田修一の目的地も、同じ泉山磁石場だったのである。

白磁ケ丘公園の手前に、とてもトイレとは思えない外観と大きさの建物があった。その団体客も一度に引き受けるような公衆トイレの先を右折すると、泉山磁石場への入口が眼前に迫ってくる。

左側に、有田磁石場組合の事務所がある。これから先は、有田磁石場組合に加盟している業者以外の車は、無断での立ち入りを禁止されている。

入口にはいちおう鉄柵《てっさく》の門扉《もんぴ》があるが、錆《さ》びついていて使われていない。夜間は門扉の代わりに、ロープが張られている。

徒歩であれば、ロープをまたいで進入できる。観光客が車を乗り入れることは、まずなかった。そのうえ業者も、暗くなれば出入りしない。

要するに、あってもなくてもいいようなロープだった。だが、その形だけのロープが、はずされているのを坂田修一は見た。夜になってから何者かが、車を乗り入れるためにロープをはずしたらしい。

「誰だ、いったい……」

坂田修一は、独り言を洩《も》らした。

もっとも、わざわざ車を降りてロープをはずす手間が省けたので、坂田修一としては楽《らく》ができる。坂田修一の車は停まらずに、磁石場の門を通過した。

依然《いぜん》として、ヘッドライトの明かりを頼りにしなければならない暗さであり、三メートル幅の未舗装《みほそう》の道が樹間《じゆかん》を抜けている。このあたりの路上の土は、白磁鉱によって白くなっていた。

樹間をすぎると、急に闇が広がる。昼間であれば、視界が開けるということであった。冒険小説に登場する魔境《まきよう》といった感じで、三方を岩塊《がんかい》の断崖絶壁《だんがいぜつぺき》と人工的に屹立《きつりつ》した岩山に囲まれた一帯を、なお下のほうに眺《なが》めることになる。

二本の道が、擂鉢の底へ下っている。擂鉢の底の広さは目測で、一千坪《つぼ》ぐらいあるだろうか。岩壁の上部であれば、二千坪はあるに違いない。

その岩壁には、いくつも横穴が口をあけている。作業場はだいたい擂鉢の底であり、現在も採掘や鑿岩《さくがん》が行なわれていた。そのために擂鉢の底では常にパワーショベル、タイヤショベル、コンプレッサーなどが作動している。トラックも、集まってくる。

ただし、それらはすべて昼間でなければ、見ることができない。いまは厚い闇が、夜明けを待っている。巨大な擂鉢の底は、恐ろしくなるような静寂《せいじゃく》に支配されていた。

町であれば屋外《おくがい》にいなくても、人々は家の中で眠っている。だが、この磁石場には、人間がひとりも存在していない。ここは、正真正銘《しょうしんしょうめい》の無人の世界だった。

坂田修一に限らず、誰だろうとそのように決めてかかる。

ところが次の瞬間、坂田修一はわが目を疑った。不意に二つのライトが、闇に両眼を開かせたのである。

二つの明かりは遠くまで、光の帯を投げかけている。間違いなく、車のヘッドライトであった。坂田修一は磁石場の入口のロープが、はずされていたことを思い出した。

ロープをはずして車で進入した人間が、まだ磁石場にいたと考えるべきだろう。こんな時間では、男女の密会というのもあり得ない。

そうかといって一般の人間が、このようなところに用があろうはずはない。利益になるものは、何ひとつ手にはいらない場所なのだ。

「何をやってる」

得意の独り言を、坂田修一はまた口にした。

位置はちょうど、反対側であった。一千坪の擂鉢の底の北東の突き当たりで、断崖絶壁の真下と見ていいだろう。昨日、坂田修一が車を停めたあたりである。

あそこで坂田修一はジャンパーのポケットを残らず、タバコを捜して引っかき回したのだ。財布を落としたとすれば、あそこしかないという結論に達している。

「まさか、おれの財布を拾いに来たんじゃあ……」

この坂田修一の独り言は、自分を勇気づけるためのものであった。

坂田修一は何となく、恐ろしくなっていたのだった。ピストルを持った犯罪者だったらという不安が、坂田修一に馬鹿げたことをつぶやかせたといえる。

しかし、すでに坂田修一の車は、坂道を下りきっていた。擂鉢の底は平坦《へいたん》であり、危険な穴や急斜面はトラックが避《よ》けて通る道を作ってくれている。

先方ももちろん、坂田修一の車のライトに気づかないはずはない。それで逃げ出すのか、あるいは向かってくるのか、先方の車は急発進した。

みるみるうちに、距離が縮んだ。坂田修一は、車を停めた。ライトの中に、相手の車が浮かび上がる。エンジンの音が静寂を破り、タイヤが砕石《さいせき》を弾《はじ》き飛ばす。

車体の色は赤であり、先端に取り付けられているのは見慣れたベンツのマークだった。

だが、日本人向けの右ハンドルで、運転しているのは女としかわからなかった。女であるとは、髪の毛で判断した。髪の毛が、長く見えたのだ。それに、サングラスをかけていた。人相や年齢まで、目にはいるはずはない。

ほかに誰か乗っていないか見定めようと、そのことにも坂田修一は気を取られていた。座席に身を伏せていれば別だが、ドライバー以外に同乗者はいないようであった。

坂田修一はそう観察したが、そのために車のナンバーを記憶する余裕を失った。品川《しながわ》という文字は確認したが、数字は見ないのも変わらなかった。

一瞬にして赤いベンツは、坂田修一のポンコツ車の横を通りすぎた。坂田修一は振り返ったが、白い土煙《つちけむり》がベンツの後部のナンバープレートを隠してしまっていた。

ベンツが磁石場の外へ走り去り、完全な静寂に戻るまで待って、坂田修一は車をスタートさせた。反対側の断崖にぶつかるまで、一直線に走ればよかった。

車を停めて、坂田修一は二つの懐中電灯を手にした。ヘッドライトもつけたままで、車を降りる。車のライトと二つの懐中電灯という照明が、たちまち不自然に積み上げられた盛り土を照らし出した。

新しく盛られた土であることは、一目瞭然《いちもくりようぜん》であった。白っぽく乾いた土に、やや黒くて湿ったような土がまざっている。スコップの跡も、あちこちに残っていた。

盛り土の大きさは、土葬《どそう》にした墓を連想させる。ただ死体を埋めるには、あまりにもお粗末すぎるという気がした。少し高いところには横穴もあるし、もっと人目に触れない場所を選ぶべきだろう。

しかし、死体を埋める人間が冷静さを欠いていたら、時間的な余裕がなかったら、早く早くと気が急《せ》いていたら、第三者が思うほどの完璧《かんぺき》は望めない。

そのうえ、予期していなかった坂田修一の車のライトを見れば、深く埋めるのも断念していい加減に誤魔化《ごまか》すことになる。完全に死体を隠すことを途中であきらめて、逃走したのかもしれなかった。

棒きれを使って、坂田修一は盛り土を崩《くず》した。そのあとは、穴を掘り返す作業が続く。

十五分後に坂田修一は、気分が悪くなって逃げ出した。

2

坂田修一は、一一〇番通報をしなかった。直接、有田警察署へ車を飛ばしたのであった。電話をかける場所を捜すよりも、そのほうが早いと判断したのだ。

有田署の敷居《しきい》は高くないし、何人もの警官を知っている。一一〇番に通報してパトカーが到着するのを、待っていたくもなかった。警察で詳《くわ》しい説明を聞かせるのが、いちばん手っ取り早いと坂田修一は思った。

有田署は、西部《せいぶ》というところにあった。地名のとおり、有田町の西寄りである。坂田修一は国道三五号線へ出て、西の方角に車を飛ばした。

有田駅前と柿右衛門窯《かきえもんがま》の入口をすぎると、左手に有田署があった。六時を回っていたが、あたりはまだ明るくなかった。ようやく夜明けを迎えるという感じで、黒い闇が青く染まりつつあった。

坂田修一は、刑事課の部屋へ駆《か》け込んだ。当直の刑事が、三人ばかりいた。その三人の刑事に坂田修一は、泉山磁石場で目撃したことを話して聞かせた。

三人の刑事は、坂田修一がいい加減なことを言う人間ではないし、信用できる人物だとよく承知していた。それだけに放置しておけないと、三人の刑事は緊張する。

「死体までは、見ていませんよ。ですが、包みの大きさからすると、人間に間違いないですよ。まずシーツらしいものに包んであって、その中は水色のビニールシートだったですね」

坂田修一はまだ、血の気の失せた顔でいた。

「あんたがそう断言するんだから、百パーセント確かだろうよ」

当直の刑事たちは、にわかに忙しくなった。

凶悪事件には、そうそう縁《えん》のある土地柄ではない。その有田町の警察が、東京ナンバーのベンツに乗った女が泉山磁石場に死体を埋めた、という異変に遭遇《そうぐう》したのだからこれは大事件である。

しかも、まだ早朝といえる時間であって、そのうえ今日は日曜日と来ている。刑事課捜査一係と鑑識《かんしき》係のメンバーを、非常招集しなければならなかった。

刑事課長の自宅にも電話をかける一方で、佐賀県警察本部へ急報する。死体も確認していないのに県警本部に連絡したのは、東京ナンバーの車に乗った女が絡《から》んでいるらしいからであった。

女は、逃走した。当然、東京を目ざす可能性が大きく、いずれにせよ県外へ向かうはずである。そうだとすれば、死体の確認を終えてから手配したのでは遅すぎる。

それでやむなく死体を確かめる前に、県警本部へも速報を送ったのだ。有田署の刑事は口先だけではなく、坂田修一の目撃談を百パーセント信じたのである。

事件発生に際して、真っ先に現場へ向かうのは刑事たちではない。先陣は、鑑識であった。

県警本部の刑事部鑑識課に、機動鑑識係というのが組織されている。機動鑑識係は最少六名ずつで三班に分かれ、二十四時間態勢で待機していた。

有田署からの速報により、待機中の機動鑑識班の六名が最初に出勤する。パトカーを先導にして、機動鑑識班六名の乗った赤色灯付きのワゴン車が、佐賀市松原《まつばら》一丁目の県警本部を出発した。

同時に、科学捜査研究室の室長を兼任する鑑識課長、鑑識指導官の課長補佐、機動鑑識係長などの自宅へも連絡が行く。

捜査関係者では捜査一課長、課長次席の管理官、検屍官《けんしかん》を務める刑事調査官、それに強行犯捜査一係と二係の全員に呼び出しがかかった。

機動鑑識班の六名を乗せたワゴンの警察車は二十分後に、佐賀・大和《やまと》インターから長崎自動車道へ入路した。

機動鑑識班の六名はブラッシングをして、ごみ・ほこりなどを落とした制帽、制服、それに長靴という完全武装でいる。現場に余分なもの、自分の毛髪や休毛までもバラ撒《ま》かないように、細心の注意を払わなければならないのだ。

長崎自動車道は佐賀県を横断して、西へ百二十キロの長崎市に通じている。有田町がある佐賀県西松浦《にしまつうら》郡は、県の西端に位置していた。

有田町の西隣りの西有田町《にしありたまち》は、長崎県との県境に接している。だが、佐賀県の面積はそれほど広大ではないし、県の西端にしてもはるか遠くではなかった。

まして高速道路を走るとなれば、大《たい》して時間は要さない。

すでに、朝になっていた。やっとという感じで佐賀県の大地は、明るい秋の日射《ひざ》しを浴びることになる。しかし、高速道路の交通量は、まだ極端に少ない。

パトカーとワゴン車は、ノンストップで走り続ける。一般車をあまり追い越さないせいか、パトカーのサイレンがいつもよりけたたましく聞こえる。

多久《たく》市、武雄《たけお》市をすぎる。武雄ジャンクションで長崎自動車道に別れを告げ、西九州自動車道へはいる。武雄南インターを、通過する。

この西九州自動車道の佐世保《させぼ》道路を走るころから、田園風景が減少して視界を占める主役は山に代わる。山々といっても山岳地帯ではなく、なだらかな稜線《りようせん》が連なる広い山地であった。

どの山も、緑に覆《おお》われている。落葉樹が少ないことから、全山紅葉というのもあまり見られない。それにしても、のどかな山の風景であることには違いなかった。

西九州自動車道は、いったん県境を越える。長崎県の波佐見町《はさみちよう》を、通ることになる。長崎県の佐世保市までそう遠くないが、その手前の波佐見・有田インターで西九州自動車道を出る。

一般道路を北上して、すぐに再び佐賀県へはいる。そこはもう、有田町であった。国道三五号線にぶつかるが、有田署には寄らずに泉山磁石場へ直行する。

佐賀市の県警本部から有田町まで、一時間とかからなかった。有田町でも、朝が始まっていた。どの家からも、生活の匂《にお》いが漂《ただよ》っている。

新旧入りまじっての建物が、道路の両側に続くという有田の町並みは、いかにも歴史の古い焼物の里らしい風情《ふぜい》である。早くも観光客や有田焼を買い求める人々が、日曜日の朝の道路をそぞろ歩いていた。

　こうした有田町で犯罪が発生するというのには、機動鑑識班のメンバーも違和感を覚える。

　だが、現実は否定できない。

　泉山磁石場へ右折するあたりの道路には、大勢の野次馬《やじうま》が人垣を築いている。有田磁石場磁石組合の事務所の前には、数台のパトカーが停めてあった。

　磁石場の入口の門は立入り禁止とされ、四人の制服警官が立っている。県警本部のパトカーもここまでで、ワゴン車だけが磁石場の内部へと進む。

　ワゴン車は白い道を走り、擂鉢の底への坂道を一気に下った。当然のことだが今日は、採掘作業もトラックでの運搬も禁止されている。

　そそり立つ奇岩と断崖絶壁に囲まれた千坪ほどの擂鉢の底には、有田署のワゴン車とジープ、少し離れてパトカー一台しか見当たらなかった。人間はすべて、有田署員ということになる。

　機動鑑識班のワゴン車は、反対側の断崖の下まで擂鉢の底を横切った。立入り禁止のロープが張られた中で、有田署の五人の鑑識係員が穴を掘っている。

　離れたところに停めてあるパトカーの周辺にいるのは、有田署の捜査一係の刑事たちのようだった。刑事たちは所在なさそうに、鑑識係員の仕事を見守っていた。

犯行現場や死体発見現場での調べは、鑑識優先というのが鉄則であった。テレビドラマなどでは決まって刑事が、鑑識係よりも大きな顔で現場を歩き回ったり、手がかりを見つけたりする。

だが、そういうことはあり得ない。刑事が捜査のプロなら、現場の調査判別のプロは鑑識である。そして鑑識の成果に基《もと》づいて、初めて刑事たちは任務を与えられる。

元来、刑事は鑑識の仕事に関して、まったくの素人《しろうと》であった。素人が現場や死体を調べたところで、何の役にも立たない。専門的なことは、何ひとつわからないのだ。

かえって、邪魔になる。現場を荒らしてしまったり、手がかりを台なしにしたり、不純物を持ち込んだりで、刑事の存在はマイナスにこそなれプラスにはならない。

それでオーケーが出るまで刑事たちは、立入り禁止のロープの外にいて鑑識の作業を傍《ぼう》観《かん》している。もっとも、ただの見物人とは違うので、鑑識の進行状況に刑事たちは全神経を集中していた。

県警本部の機動鑑識班のメンバー六名が、立入り禁止のロープの内側へはいる。手袋をはめるのはもちろんのことだが、そろってズボンの裾《すそ》を長靴《ながぐつ》の中に突っ込んでいる。

「機動鑑識班です」

「どうも……」

「ご苦労さまです」

「遅くなりました」

「お疲れさん」

「どうですか」

「ホトケに、間違いありませんね」

そんな言葉が交《か》わされて、有田署の鑑識係と県警本部の機動鑑識班は、合同で調べを進めることになる。掘られた穴はそれほど深くないが、三倍ぐらいの範囲に拡大されていた。

死体のほかにも、何か埋められているかもしれないからである。しかし、穴の中に横たわっているのは、いまのところ死体らしい包みだけだった。

「腐臭《ふしゅう》は、どうです」

「いまはまだ、特に匂いません」

「新しいホトケかな」

「いや、遠くから運んできたとなると、新しいホトケってことはないでしょう」

「これだけ厳重に包んであるんで、匂わないのかもしれない」

「このところ全国的に、寒いくらいの気温が続いているんで、死後二、三日だったら腐敗もそれほど進まないでしょう」

「開きますか」

「やりましょう」

「慎重に、お願いします」

「とりあえず、穴の中で開きます」

「ホトケさんだったら、穴の外へ出しましょう」

いよいよ、包みが開かれることになった。十一人がかりで作業を始めたが、かなりの時間がかかる。何しろナイフもカッターも使わない手作業であって、糸くずの一本も見逃さないような厳格さと慎重さを要求されるのだから、短時間で片付かないのは当たり前である。

掘られた穴を中心に、大型のテントが張られている。何かの催《もよお》し物で、役員一同が顔をそろえる大会本部のようなテントだった。

雨が降る心配はないので、そのための準備ではなかった。これは、目隠しであった。高いところから、この擂鉢の底を見おろせる場所が何カ所かある。

そうした野次馬の遠くからの視線を遮《さえぎ》ろうと、大型のテントを張ったのだ。いまは擂鉢の底に立たない限り、テントに隠れて死体発掘現場は見ることができなかった。

死者と思われる物体を三十センチほど浮かせて、いちばん外側をくるんでいるシーツをそっと広げる。ダブル・ベッド用か、大判《おおばん》の白いシーツであった。

手間をかけて剝《は》ぎ取ったシーツは、そっくり特大のビニール袋に収納される。シーツの下は、水色のビニールシートである。

ビニールシートに物体を包んだ上下を、ロープで締めくくってあった。ほか四カ所にロープを巻き、きつく縛《しば》るようにしている。ロープの結び目を残さなければならないので、ほかの部分で切断する。

結び目を残した六本のロープは、付着した泥《どろ》も落とさないようにしてビニール袋に入れる。水色のビニールシートを、物体の周囲を回すようにして少しずつ剝がす。

やはり、異臭がした。あまりひどくはないが、人体の腐敗が進行している匂いだった。

死体に、間違いなかった。

「ホトケさんですね」

「ビニールシートは、三メートル四方のものです」

「キャンプ用ですか」

「テントの中に、敷くやつ……」

「何にでも、使えるビニールシートです。特徴がなくて、平凡な品物だ」

「ホトケを、穴から出します」

死体運搬用の担架《たんか》が、死体の下部とビニールシートのあいだに差し込まれる。それで白布に覆われた担架のうえに、死体が置かれる格好《かっこう》になる。

担架ごと死体を、地上に移した。穴の中には、ビニールシートが残る。そのビニールシートも、付着物を落とさないように注意しながら、四つ折りにして特大のビニール袋に収める。

「ホトケさんが、出たぞ」

刑事たちが立入り禁止のロープまで進んでくると、横に並んで地上の死体に注目した。どの刑事の顔も、暗く深刻だった。死体は、女であった。

年齢までは見当もつかないが、まだ若いことは確かである。肌は変色していても、身体《からだ》の線と肉づきでわかる。髪の毛は黒く、セミロングといっていいだろう。

衣服をつけておらず、全裸《ぜんら》に近かった。裸身に残っているのは、パンティとブラジャーのみだった。時計、指輪、ピアスなども見当たらない。

「何かある」

機動鑑識班のひとりが、死体の胸に手を伸ばした。

ブラジャーの左側のカップに、透《す》けて見えるものがあったのだ。ブラジャーの左のカップから、そこに押し込まれているものを抜き取る。

二つに折った紙片だが、ひと目で入場券の半券とわかる。半券といっても、もぎり取ったのは四分の一程度と思われる。ブラジャーの左側のカップに差し入れられていたのは、残り四分の三の部分であった。

それは全体的に、カラー写真になっていた。黒いマフラーを首に巻き、赤いバラの花を口にくわえた外国人の顔のアップ写真である。
写真に加えて、ざっと次のような活字が読み取れた。

アントニオ・ドミンゴとの宵《よい》
ギター　トニー・サルデーニア
カルロス・ロッサ
開演　十月二十四日・二十五日　十八時
料金　五〇〇〇円
青山《あおやま》円形劇場
主催　スペイン舞踊団《ぶようだん》・国際舞踊芸術振興財団
6のF席

さらにミシン目の切取り線に押されたスタンプの半分には、10・24の日付が認められた。それに入場券の半券の裏面には、ペンでいくつかの数字が記されていた。

3

県警本部の主力が、現場に到着した。

杉田《すぎた》捜査一課長、古賀《こが》管理官、検屍官も担当する三浦《みうら》刑事調査官、科捜研室長を兼務する小笠原《おがさわら》鑑識課長、村井《むらい》機動鑑識係長、及び強行犯捜査一係と二係の刑事たちで、総勢二十五名であった。

一行は有田町へ向かう車の中で、無線による『死体発見』の報告を受けていた。死体を埋めただけという現場には、もはや重大な関心を寄せる価値がなくなっている。

現場と死体についてはすべてを鑑識に任《まか》せて、その結果報告を待つしかなかった。杉田捜査一課長、三浦刑事調査官、小笠原鑑識課長、村井機動鑑識係長の四人だけが、機動鑑識班の許可をもらって立入り禁止のロープをまたいだ。

事実上の検屍が、行なわれるのであった。

死体は死後四、五日、経過しているものと推定される。頸部《けいぶ》には索溝《さくこう》が、鮮明《せんめい》に残っていた。ロープのようなもので、絞頸《こうけい》した痕跡《こんせき》と見ていいだろう。

絞頸による窒息《ちっそく》死であり、死体が厳重にビニールシートに包まれて運ばれて来たのだから、自殺ということにはならない。すなわち、絞殺《こうさつ》された死体である。

殺人・死体遺棄《いき》事件と、見なされる。

「恐ろしいことになりました」

第一発見者の坂田修一はショックを受けて、またしても顔面蒼白《がんめんそうはく》になっていた。

坂田修一は有田署員を案内して、死体が埋められているとおぼしき地点へ戻って来た。そのまま坂田修一は立ち会う格好で、自分の車にもたれかかり死体の発掘状況を眺めていたのである。

そうした坂田修一の両側には、県警本部捜査一課の古賀管理官と、もうひとり長身の刑事が立っていた。古賀管理官は五十歳になるが、血色がよくてリンゴのような頰《ほお》をしている。

「あんたがここへこなかったら、事件の発覚は困難になったでしょうね」

古賀管理官は、坂田修一に笑いかけた。

「まあ死体の発見が、遅れはしたでしょうけど……」

坂田修一は得意そうになるどころか、むしろ暗くて沈痛な面持《おもも》ちでいた。

「不審《ふしん》な人間を見かけなければ、ここに死体を埋めたなんて想像もしませんよ」

古賀管理官は、うなり声とともに息を吐いた。

「ただずいぶん、いい加減な埋め方をしたと思います」

坂田修一は、恐怖心のせいか身震いをした。

「しかし、このあたりには大量の残土が、積み上げられています。もう二度と採掘は行なわれない場所で、残土を崩すこともありませんからね」

「もしかしたら半永久的に、埋められた死体は見つからないかもしれません」

「女ひとりだったら、二メートルや三メートルの深い穴は掘れません。そこへ坂田さんの車のライトが見えたりしたもんで、女はあわてて土をかぶせるのが精いっぱいだったんでしょう」

「それまでは、もっと完璧に死体を埋めるつもりでいたのかもしれません」

「死体を埋めるほうだって、万が一にもこの採掘場へ車がはいってくるなんて、予想していなかったはずですよ」

「それは、そうだと思います」

「昨日の午後、坂田さんはこのあたりで財布を落としたんだそうですね」

「ここでタバコを捜すんで、ジャンパーを乱暴に扱ったんです。それで財布を落としたんだったら、この場所しかないだろうと考えました」

「そのことが気になって、今朝は五時に目が覚めた」

「ええ」

「だったら早いところ捜しに行こうってんで、この泉山磁石場へ車を走らせた。まだ、暗かったんでしょう」

「夜とまるで、変わりませんでした」

「そんな暗いうちに、採掘場に出入りする人間がいるはずはない」

「絶対にいないでしょうし、ここは完全に無人の世界になっています。ここで何をしようと、誰かに見られるという心配はありませんよ」

「死体遺棄の犯人にしてもその点を計算のうえで、死体を埋める場所としてここを選んだんでしょう」

「すると犯人は、この磁石場のことをよく知っていたんですね」

「いわゆる土地鑑《とちかん》があるっていうやつで、この季節の午前五時ならまだ真っ暗だし、無人の世界だから安全だと承知していたんです。それだけに、あんたの車が出現するという不測《ふそく》の事態に、犯人はびっくり仰天《ぎょうてん》したでしょうな」

「まさか、午前五時三、四十分ごろに磁石場へ、車がはいってくるとは……」

「昨日あんたがこのあたりに財布を落としたこと、その財布をあんたが夜明け前に捜しに来たこと。この二つが、犯人の運命を狂わしたんです」

「万が一にもあり得ないことが、起きてしまったんですね」

「あんたが前日に財布を落とすなんて、犯人はおろかお釈迦《しゃか》さまだって気がつきませんからね」

「李参平の霊《れい》が、わたしを導いたんですよ。この泉山を犯罪者に、汚《けが》されないようにしろって……」

「とにかく、お手柄でした」

「いや、犯人が捕《つか》まらなくっちゃ手柄にはならないでしょう」

「右ハンドルの赤いベンツ、品川ナンバー、運転者はサングラスをかけた女、同乗者なし。こういうことは確かだって、自信がありますかね」

「同乗者なしという点を除けば、自信があります。同乗者は見えなかったというだけで、身体を伏せていたのかもしれませんしね。そのことは、断言できません」

「同乗者は、あんたの目に触れなかった。だったら同乗者はおらず、女ひとりだったってことで間違いないでしょう」

「どうしてですか」

「女のドライバーは、顔を見られている。それなのに同乗者だけ隠れたって、何の意味もないですからね」

「なるほど、そういうことですか」

「それに女ひとりの力にしか頼れないから、死体を埋める場所をここにしたんですよ。ここだったら埋める場所の目の前まで、死体を積んだベンツを接近させることができる。そうなれば女ひとりの力でも、埋める穴まで死体を運べます」

「そうですね」

「もし女ひとりではなく、ほかに男でもいるとなれば、道路から離れたところまで死体を運べるでしょう。そうできるんだったら、死体は山の中にでも埋めますよ」

「そうか」

「そんなわけで死体遺棄は、ベンツの女の単独犯行と見ていいでしょう」

「そのベンツの女ですけど、見つかりますかね」

「午前六時四十分に県内各署に、緊急配備と検問の指令が出ています」

「しかし、それより一時間前に赤いベンツの女は、ここから逃走しているんでね」

坂田修一は、眉《まゆ》をひそめた。

「まあ、うまく網《あみ》にかかることを、期待しましょうや」

古賀管理官は、慰《なぐさ》めるように坂田の肩を叩《たた》いた。

「有田に土地鑑があるにしても、乗っていた車が品川ナンバーなんで、いちおう東京から来たと考えるべきでしょう」

坂田は自分も捜査陣に、加わっているような気持ちになっていた。

「ところで財布、見つかったんですか」

古賀管理官は、話題を変えた。

「ええ。有田署のみなさんを連れて二度目に来たとき、すぐそこに落ちているのを見つけました」

車の前方を、坂田は指さした。

「それはよかった」

古賀管理官は、苦笑を浮かべた。

管理官というのは、捜査一課長と強行犯捜査係長とのあいだに置かれているポストである。図式的には中間管理職のようだが、レッキとした現場の捜査官だった。

捜査一課に、長くいる。強行犯捜査係長の経験もあり、凶悪犯罪捜査はお手のものといえる。経験豊富な大ベテランでなければ、管理官は務まらない。

普段の指示は、管理官が出す。事件発生となれば管理官が指揮を執《と》り、捜査員全体を動かす。今回の殺人・死体遺棄事件にしても、古賀管理官が直接の捜査責任者になるはずであった。

階級は、警視である。

「赤いベンツの女も逮捕《たいほ》されなければ、悪運尽《つ》きたことになりませんよ」

坂田はまだ、そのことにこだわっている。

「大丈夫。李参平の霊が、罰《ばっ》してくれるでしょう」

管理官に代わって、長身の刑事がそのように応じた。

長身の刑事は、水木《みずき》警部補であった。県警本部捜査一課・強行犯捜査二係に、所属している。強行犯捜査二係は警部の係長一名、警部補二名、巡査部長以下七名という編成だった。

水木正一郎《しょういちろう》は、一名の警部補の一方である。佐賀県警に奉職《ほうしょく》して二十三年、そのうち県警本部の捜査一課勤務が十五年になる。捜査畑一筋のベテラン刑事だが、水木警部補はほかの意味での異色の存在として知られている。

剣道三段、柔道四段。

定年まで現場を離れたくないとして、警部への昇進試験には見向きもしない。

酒は飲みたくても飲めず、タバコもやらない。

趣味は釣り、昼寝、ジグソーパズル。

そして特技は、被疑者から自供を引き出すことであった。

死んでも口を割らないという被疑者でも、水木正一郎が取調官として担当すると、いつの間にか自供に追い込まれる。水木の取調べはまるで魔法のように、被疑者の自白を誘って難事件を解決する。

『落としの達人』とか『取調べの神さま』とかいわれて、水木はその道での名物刑事に祭り上げられている。肝心《かんじん》なのは誠意と真心だと水木はいうが、警察部内では一種の才能と見なされていた。

「一時間あれば、県外へ出てしまいますからね」

坂田は、タバコに火をつけた。

「ただひたすら、県外を目ざして逃走するとは限りませんよ」

水木警部補は目立たないように、顔の前に漂うタバコの煙を払いのけた。

「そうかな。東京の人間なら一刻も早く、東京へ帰ろうとするでしょう」

坂田は、時計に目をやった。

「東京の住人だとも、まだ決まっちゃいません」

水木警部補は四十五歳だが、まだ一本の白髪《しらが》もない。

「じゃあ、佐賀県の女ですか」

「品川ナンバーの車に乗っているからって、東京の人間だとは断定できないでしょう」

「そりゃあそうですけど……」

「それより坂田さん、ドライバーは間違いなく女だったんですか」

「男には、見えませんでしたね」

「フロントガラス越しに、はっきり顔が見えたんですか」

「見えました」

「坂田さんもベンツのライトが目にはいって、何も見えなくなるってことはなかったんですかね」

「わたしの車は横へ寄って、やや斜《なな》めを向いていたんです。それで直進してくるライトを直接、正面から浴びることはありませんでした」

「逆に坂田さんの車のライトは、ベンツの運転席を照らすことになった」

「うまい具合に、そうなったんです。それでほんの数秒だけど、ドライバーの顔が見えたんですよ」

「助手席には誰も乗っていないことも、はっきりわかったんですね」

「ええ。それとドライバーは、サングラスをかけた女だってことも……」

「女に見えたんじゃなくて、女だったんですか」

「あれは、女だったですよ」

「近ごろは、女と見違える男が多くなりましたからね」

「それでも、女装していたって見分けがつきますよ。顔の大きさと輪郭《りんかく》っていうのが、微妙に違うじゃないですか」

「髪の毛は、どうだったんです」

「前髪がサングラスすれすれまで、垂《た》れていました」

「それで……」

「髪の毛の両側も、頰にかかっているような感じでしたね」

「顔の両側に垂れている髪は、どのくらい長かったんです」

「顎《あご》よりちょっと下ぐらいまで、伸びていたんじゃないですか」

「だったら、長めのオカッパみたいな髪型だな」

「ええ。大人のオカッパっていうか、女っぽく見えるオカッパのようなスタイル。テレビの出演者なんかには、よく見かける髪型ですよ」

「わたしにも、イメージはできるんですが……」

「知り合いの美容師から、聞いたことがあります。デザインがシンプルで、日本の女性の黒い髪にも似合うので、ずいぶん長いあいだ人気を保っているヘア・スタイルなんだって……」

「じゃあ、ちゃんとした髪型なんだ」

水木警部補は指先で、左目尻のホクロに触れた。

「そう、ボブだ。ボブっていう髪型だって、美容師から教わりましたよ」

坂田はタバコを地面に、叩きつけるように捨てた。

「よく、思い出してくれました。参考になって、助かります」

水木警部補は、嬉《うれ》しそうに笑った。

これも、水木の魔術なのである。これまで坂田はベンツの女の特徴に関して、考えようとしないばかりか一言も触れていない。それが水木の質問を受けると、たちまちボブという髪型を思い出すのだった。

「赤いベンツを運転する女で、サングラスをかけていて髪型はボブ。ここまではっきりしているんだったら、何とか逮捕されてもいいはずなんだけど……」

悔しそうに、坂田はパチンと指を鳴らした。

「どこかのパーキングエリアで、車を停めて眠っているのかもしれませんよ」

水木は坂田に、うなずいてみせた。

この水木警部補の言葉は冗談《じょうだん》半分にしろ、決して的《まと》をはずれていなかったのである。

4

死体のブラジャーの左側カップの内側に押し込んであった青山円形劇場の入場券の半券、という唯一《ゆいいつ》の手がかりからは現場に直《ただ》ちに指紋《しもん》の検出が試《こころ》みられた。死体からも、十指の指紋を採取した。

機動鑑識班のワゴン車内の設備によって、指紋の採取も照合も簡単に行なわれた。入場券の表と裏から、三つの指紋が採取された。そのうちの二つが、死体の指紋と一致した。入場券の表側には死者の右手の示指《じし》（人さし指）、裏側には同じく拇指《ぼし》（親指）の指紋が残っていたのだ。あとひとつの指紋は、別人のものということになる。

その作業が終わって、入場券の半券は初めて捜査陣に渡される。鑑識陣は、総引き揚げであった。死体は司法解剖《しほうかいぼう》のために、佐賀市の佐賀医大法医学教室へ送致される。

死者のブラジャー、パンティ、死体を包んでいたビニールシート、ロープ、シーツなどはすべて県警本部の鑑識課へ持ち帰る。今後それらを科学捜査研究室で、徹底的に調査分析することになる。

県警本部の鑑識陣が、車とともに次々に去っていく。有田署の鑑識係もテントを片付けて、泉山磁石場から消える。あとには、いつに変わらぬ擂鉢の底が残る。

立入り禁止のロープはそのままだが、制服警官やパトカーはもう見当たらない。野次馬も、散っていた。捜査陣はそっくり、有田警察署へ移動する。

有田署では、報道関係者が待ち受けている。有田署の署長と県警本部の捜査一課長が、記者会見に臨《のぞ》む。

捜査一課長が三点に限り、報道関係者に伝えた。
1　泉山磁石場で、殺害された女の死体が発見された。
2　死体を埋めて逃走した人間の存在が、目撃者の証言によって明らかになっている。
3　有田署に特別捜査本部を設置して、殺人及び死体遺棄事件として捜査を開始する。
これ以外のことについては今夕の記者会見で発表するとして、捜査一課長はいかなる質問に対してもノーコメントで通した。

赤いベンツの女の逃走を、有利にしないための配慮だった。

一方、県警本部では佐賀県内の佐賀市、唐津《からつ》市、伊万里市、武雄市、多久市、鹿島《かしま》市の各警察署に応援を求め、刑事課の捜査員を有田署へ派遣することを要請した。

有田署の特別捜査本部を百人体制で発足させ、捜査に全力を挙げるためであった。正午には有田署に動員された全捜査員が集まり、第一回目の捜査会議を開くという予定だった。

それまでに例の入場券について検討しておこうと、幹部たちは有田署の署長室に顔をそろえた。

県警本部の捜査一課長、管理官、強行犯捜査一・二係の係長、同じく四人の警部補、有田署の署長に刑事課長といったメンバーである。

署長室の窓から、有田町の西部一帯が見渡せる。有田町は歴史が古くても、旧城下町のように妙に気取った落ち着きを、そのたたずまいに示していなかった。

外見は、単なる町にすぎない。市街地や道路が、特に整備されているわけでもなかった。高層建築物は、まったくない。ビルといえる建物も、あまり目につかなかった。

あらゆる生活様式の中に、まだ古い伝統が活《い》きているという気がする。町の周囲は山地であり、その谷間《たにあい》を道路と鉄道と有田川が走っている。

何げなく眺めれば、どこにでもありそうな一地方の町である。人口一万四千人の明るくてのどかな町で、自分の故郷のようだと通りすぎる列車の窓に顔を押しつける人もいるだろう。

しかし、そういう有田町でありながら、やはり異質のものを内包《ないほう》しているのだった。古い歴史と新しい現代性が、有田町には同居している。

日本磁器発祥の地という誇るべき歴史に支えられながら、いまもなお有田の焼物の生産に尽力《じんりょく》しているということなのだ。

それに加えて、有田の焼物という特異な産物に注目して、全国から人が集まってくることがこの町の活気になっていた。

道路を走る車も、そぞろ歩きの観光客も、だいぶその数を増している。有田町の西部にも、窯や窯跡が多い。ほかに参考館、記念館、世界博覧会の開催予定地などがある。そのようなところを散歩コースとして、巡《めぐ》り歩く観光客が少なくないのだ。

「イベントがなくても、日曜日となると人出があるんですね」

杉田捜査一課長が、感心したように顎を突き出した。

「土、日を利用するんで、県外からの人が多いようです」

署長が、話の相手になった。

「県外といっても、遠くから出かけてくる人がいるんでしょうな」

「飛行機で、飛んできますからね。全国どこからでも、気軽にやってくるみたいです」

「まあ、今日がただの日曜日だったことに、感謝しませんとね。もし今日が何かのイベントで、町中が人に埋まっていたらえらいことになりましたよ」

「有田陶器市の期間中だったら、それこそ動きがとれませんよ」

「八十五万人からの人出の中とあっては、捜査活動なんてできません」

「高速も渋滞《じゅうたい》するし、緊急出動だって意のままにならんでしょう」

「七月、八月には、夏祭りがある」

「今月にしても、十六日は〝有田くんち〟でしたからね」

「今月の十七日は、有田町産業祭だったんじゃないですか」

「そうでした」

「あと五日後だったら文化の日からの三連休で、県外からもかなりの人出があって有田は賑わうでしょう」

「十一月の下旬になると、〝茶碗祭り〟がありますよ」

「そういう人出があっては、死体遺棄も難しくなる。犯人《ホシ》はちゃんと、有田が人出で賑わうときを避けていますね」

「有田で何月何日にどういう行事があるか、それに三連休となるとどれくらいの人出があるかを、承知しているってことですか」

「泉山磁石場を知っていて、土地鑑があるってことですからね。赤いベンツの女っていうのは、以前から有田に関して詳しいんじゃないですか」

「しかし、東京の人間となるとそこまで詳しく、知っているとは思えませんがね」

署長は寝不足らしい目をこすって、いっそう眼球を赤くさせていた。

「東京の人間にはなっていても、出身が佐賀県かもしれません」

捜査一課長は、胸高に腕を組んだ。

「この入場券の裏に書かれている数字は、東京の電話番号でした」

古賀管理官が、口を挟《はさ》んだ。

「間違いなしか」

捜査一課長は、向き直った。

「念のために、この番号で電話をかけてみました」

古賀管理官は、指で摘《つ》まんだ入場券をヒラヒラさせた。

「それで、電話は通じたのかね」

捜査一課長は、ソファに腰をおろした。

「電話はかかりましたが、誰も出ませんでした。まあ、それでよかったんですがね。もし電話に誰かが出たら、即座に切るつもりだったですから……」

古賀管理官は、頭を撫《な》で回した。

「現在も通じる電話であることを、試してみたってことかね」

捜査一課長は、意味もなく卓上ライターに触れた。

「佐賀から電話をかけて、相手と話し合うのはまずいでしょう。まずは捜査員を東京へ派遣して、この電話の持ち主に面接させるべきです」

いかにも、現場の指揮官にふさわしい管理官の言い分だった。

「今日のうちに四人ばかり、東京へ行ってもらうか」

捜査一課長は、手帳を取り出した。

「そう、願いたいもんですね」

古賀管理官は入場券の半券と、はずした老眼鏡をテーブルのうえに置いた。

「人選は、管理官に一任だ。わたしのほうからは明日、県の公安委員会を通じて警視庁に協力を要請しておく」

捜査一課長は、手帳を閉じた。

「よろしく、お願いします」

管理官は、頭を下げた。

「それにしても、この入場券なんだが舞踊と唄《うた》と音楽の公演というほかは、わたしにはよくわからんね」

捜査一課長は改めて、入場券の半券に目を近づけた。

「詳しいのがひとりおりますから、説明させましょう」

古賀管理官は手を上げて、ドアの近くの椅子《いす》にすわっている若い刑事に合図を送った。

「はい」

若い刑事が、立ち上がった。

強行犯捜査二係の御子柴秀彦《みこしばひでひこ》、二十九歳であった。御子柴刑事は自分の顔を、二枚目半と称して売り物にしたがっている。優秀だが、どこか滑稽《こっけい》な若手の刑事である。

若いだけあって、芸能界のことに通じている。御子柴が提供する情報は時代の最先端を行くものだそうで、流行にも敏感な現代っ子だった。

一時期、東京で生活していた。それで東京にも知人が多く、みずから都会派をもって任じている。御子柴刑事のその他の欠点は、水木警部補の直弟子《じきでし》だと勝手に思い込んでいることである。

「御子柴君か。きみはこのスペイン舞踊っていうのを、よく知っているのかね」

捜査一課長が、身を乗り出した。

「いいえ、自分が詳しいのはスペイン舞踊そのものではなく、そういった日本においての公演に関する知識とか、情報とかであります」

御子柴刑事は、直立不動の姿勢で答えた。

「このスペイン舞踊団というのは、有名なんだろうか。わたしの趣味じゃないんで、まるで知らないんだ」

捜査一課長は、弁解をまじえながら質問した。

「有名も有名、スペインでは超一流ですし、世界的によく知られています。アントニオ・ドミンゴは、国際的な大スターといえます。ギターや唄を担当するトニー・サルデーニアとカルロス・ロッサも、ヨーロッパでは有名です」

御子柴の解説に、澱《よど》みはなかった。

「日本では、どうなんだね」

「日本人は国際スターとなると、宇宙の大スターと思ってしまいますからね。アントニオ・ドミンゴを神さま扱いしたり、彼の舞台を見たら死んでもいいって騒ぎ立てたりする熱狂的なファンが、日本にも多いと聞いております」

「きみは、どうなんだ」

「自分は、ファンまでいきません。ただ東京の友人にファンがいて十日ほど前、電話でアントニオ・ドミンゴの公演のことを聞かされました」

「日本での公演は、初めてなのかな」

「フリーでの来日は、初めてだそうです。だから、日本のファンは大騒ぎしたんだと思います」

「その公演も十月二十四日、二十五日の二日間だけだしな」

「それに青山円形劇場というのは、三百席しかないんだそうです。二日間の公演でアントニオ・ドミンゴの舞台を見られるのは、たったの六百人だけということになります」

「どうして、もっと大劇場を使おうとしないんだろう」

「観客と一体になるためというアントニオの希望で、青山円形劇場なる小劇場を選んだらしいんです」

「料金も全席が五万円と、高くなるわけだ。テレビの放映料っていうのも、莫大《ばくだい》なんだろうし……」

「アントニオは芸術家ですから、利益にはこだわらないそうです」

「それでもちろん、二日間とも劇場は満席になった」

「金持ちのファンはわざわざヨーロッパまで出かけていって、どこかでアントニオ・ドミンゴの舞台を鑑賞することができます。しかし、日本にいてアントニオの舞台を見るとなると、フリーの来日が初めてであるうえに二度とチャンスはないかもしれません。そういうことで熱狂的なファンには、絶対に見逃せない青山円形劇場での公演でした。そのために五万円の入場券を手に入れるのに、目の色を変えたファンが何人もいたっていう話でした」

「殺された女性も、そういう熱狂的なアントニオ・ドミンゴのファンだったと考えていいのかな」

「それはもう、簡単には手にはいらない入場券を持っていたくらいですから……」

「ほかの人間の入場券の半券だけを、後生《ごしょう》大事に持っているはずはないんで、彼女がアントニオの舞台を見たときの入場券の半券だった」

「当然、そうでしょう。彼女は苦労して何とか、入場券を手に入れたんだと思います」

「この入場券のスタンプの日付は、十月二十四日になっている」

「初日ですね」

「十月二十四日の午後六時から、彼女は青山円形劇場の6のF席にすわって、夢のような時間を過ごしていたことになる」

「青山円形劇場は、東京都港区《みなと》南青山《みなみあおやま》三丁目にあります。完成してまだ二年ぐらいだと、記憶しています」

「終演は、何時ごろだろう」

「動きの激しいスペイン舞踊なので、長いあいだ続くものではありません。それでアントニオ・ドミンゴのステージは、休憩《きゆうけい》時間を含めて三時間と決まっているとか聞いたことがあります」

「終演は、九時だな。すると彼女は、十月二十四日の午後九時までは間違いなく生きていたことになる。あの女性が殺害されたのは、それ以後と見ていいだろう」

「ええ」

「そこでもう一点、きみに訊《き》いておきたいことがある。彼女は入場券の半券を、ブラジャーの左側のカップの内側に入れていた。そんなことをするファンの心理というものを、きみは理解できるだろうか」

捜査一課長は入場券を、自分の左の胸にあてがった。

「何となく、わかるような気がします」

御子柴刑事は、真面目《まじめ》な顔でうなずいた。

「バッグとかコートのポケットに、入れておくべきものじゃないのかね。それをどうして、金を受け取った外国映画の娼婦《しょうふ》みたいに、ブラジャーの中に入れたんだろう」

捜査一課長は、御子柴刑事を見据《みす》えた。

「それは彼女に限らずで、別に珍しいことじゃないと思います」

御子柴刑事には、考え込む様子がなかった。

5

入場券は、ほんの一部分が切り取られている。残りの大部分は、自分のものになる。そこには、アントニオ・ドミンゴの顔がアップで写っている。

苦心惨憺《さんたん》してやっとのことで手に入れた入場券であり、そのおかげでこれから夢にまで見たアントニオ・ドミンゴのステージに酔い痴《よ》れることができる。

この入場券は、いわば天国行きの切符である。しかも、二度と入手できないものなのだ。これ以上に素晴らしい記念の品物はないだろうし、一生の思い出として大事にしまっておこう。

男と違って女のファンには、このような感情が湧《わ》くものであった。入場券ではアントニオ・ドミンゴのカラー写真が、バラの花をくわえて自分を見つめている。こ世界最高の恋人の写真であり、女としては魅了されてとろけそうな気分に誘われる。この夢の恋人の写真、そして生涯の思い出を、自分の大切なところにしまっておきたい。乳首に密着させるというより、左側の胸はハートの意味合いが強い。そのうえブラジャーのカップの中へ入れておけば、落とす心配がなかった。

文字どおり肌身離さず、アントニオ・ドミンゴの写真を持った気分でいられる。そんなことから入場券の半券を、二つ折りにしてブラジャーの中へ入れた。

「熱狂的な女性ファンの心理として、こういうふうに解釈できるんですが……」

御子柴刑事は、世代にかかわりなく納得がいくように、常識的な心理分析を披露《ひろう》した。

「ファンとしてはやや好色で不純な感じはするが、そういうこともあり得るって感じだな」

捜査一課長は、うなずいた。

「どうも、ご苦労でした」

古賀管理官が、御子柴刑事に言った。

「失礼します」

御子柴刑事は一礼して、署長室を出ていった。

「入場券の裏に書かれた電話番号だが、それはいったい何を意味するかだな」

ソファの背にもたれて、捜査一課長は足を組んだ。

「電話番号を書いたのが先で、二つ折りにしたのがそのあとだったというのが、鑑識さんの判断です」

管理官は再び、入場券の半券を手に取った。

「電話番号をメモしたあとで、それを二つに折ってブラジャーの中に入れた」

「そういうことになります」

「一生の思い出にするという大事なものに、どうして電話番号を書いたりしたんだろう」

「ほかに、メモできるものがなかったんですよ。それで咄嗟《とっさ》に、この裏に書きとめたんでしょう」

「そうなると、よほど重大な相手の電話番号ってことだ」

「そうですね」

「連れがいたんだろうか」

「連れとなれば、友だちか恋人ですよ。あるいは勤め先の同僚、上司でしょうが、どれも電話番号がわかっている相手です」

「初めて、知り合った相手だな」

「劇場の中で、知り合ったんですよ」

「劇場の中で初めて知り合った人間が、どうしても電話番号を知っておきたいほど、重大な相手になり得るかな」

「どっちにしろ、彼女のほうから教えてくれと頼んで、教えてもらった電話番号をそのとおり書いたんですよ」

「あんまり女のほうから男に対して、電話番号を教えてくれって迫ったりはしないだろう」

「相手は、女かもしれません。そのほうが、自然って気がします」

古賀管理官の上目遣《うわめづか》いが、鋭《するど》さを増していた。

「それが、赤いベンツの女だったということも考えられる」

捜査一課長の組んだ足の貧乏揺すりが、目立つほど激しくなっている。

「とにかく、ホトケさんの身元を洗い出すことが先決です。捜査員の東京派遣を、急ぎましょう」

古賀管理官は、腰を浮かせた。

そのとき、署長のデスクのうえで電話が鳴った。急遽《きゆうきよ》、設置した四台の直通電話のうちの一台が鳴ったことで、一同の視線は署長の手元に集まった。

電話に出た署長の顔が、一瞬にして怒ったように硬《こわ》ばった。署長は、話の聞き手に回っている。何やら、重大な報告を受けているのだ。

「県警本部からの緊急連絡です。赤いベンツの女を、逮捕したそうです」

署長は途中で送受器を耳と口から遠ざけると、署長室にいる捜査本部の中心人物たちにそう告げた。

「逮捕……！」

「身柄を、拘束《こうそく》したんですか」

「何の容疑で、逮捕したんです！」

「逮捕は、乱暴でしょう」

「何かの間違いじゃないですか」

愕然《がくぜん》とさせられて、全員が総立ちになっていた。

赤いベンツの女を発見したというのは吉報だが、逮捕したとのことがとても信じられなかったのである。赤いベンツの女には死体遺棄の疑いがかかっているが、まだまだ被疑者の扱いはできなかった。

逮捕の段階には、ほど遠い。逮捕令状など、誰も請求していないのだ。逮捕状なしの緊急逮捕、あるいは現行犯逮捕も許される相手ではない。

それを、いきなり逮捕したという連絡なので、誰もが驚いたのであった。

署長の電話は、まだ続いている。時間は、午前十一時である。一同が署長のデスクを囲むようにして、電話の終わるのを待った。だが、事実は捜査一課長以下が想像した逮捕とは、まるで違っていたのだった。

県警本部から捜査本部に緊急連絡の電話がかかる二十分前、十時四十分ごろにその事件は起きていた——。

二台の白バイが、長崎自動車道の東脊振《ひがしせふり》インターから東へ向かっていた。一向《いっこう》に検問には引っかからない赤いベンツを捜し求めて、二台の白バイは長崎自動車道を走行していたのである。

東脊振インターは最近、吉野ケ里《よしのがり》遺跡への出入口として知られるようになった。そこから、東へ十三・六キロで鳥栖《とす》だった。鳥栖市は佐賀県の最東端にあって、福岡県と接している。

九州を縦断《じゅうだん》する九州自動車道、西へ伸びる長崎自動車道、東に走る大分自動車道を、この鳥栖のジャンクションが結んでいる。鳥栖は、九州の高速道路の中心的な分岐点《ぶんきてん》となっていた。

そうした鳥栖もかなり近くなったところに、山浦《やまうら》パーキングエリアがある。二台の白バイは、上《のぼ》り線のパーキングエリアへ進入してみた。

平日よりも多い車が、秋の陽光を浴びている。その中に、赤い乗用車が駐車していた。

二人の警官は顔を見合わせてから、白バイを赤い乗用車に近づけた。

右ハンドルのベンツであった。

白バイの警官は4ドア・セダン、右ハンドルのメルセデスC200であることを確認した。白バイをベンツの後方に停めて、二人の警官は徒歩で接近した。

車内を、覗《のぞ》いてみた。

後部座席には、衣裳《いしょう》ケースが積み上げられている。和服を収納する長方形のボール箱で、それが八個ほど二列に重ねてあった。それらを包むものと思われる紺の大風呂敷《おおぶろしき》も、畳《たた》んで置いてある。

人間は、ひとりだけだった。運転席に、女がいる。シートの背を倒して、ぐったりともたれかかっていた。サングラスをかけたままで、身動きをひとつしない。

ぐっすりと、眠っているようであった。一方の警官が、コツコツと運転席の窓ガラスをノックした。しかし、目を覚まさない。警官は、ノックを続けた。

もうひとりの警官は車の前へ回って、品川ナンバーであることも確かめた。番号を、手帳に書き取った。

女がようやく、頭を動かした。首を振るようにしながら、無理やり目を開く。まぶしそうにあたりを見やった女は、白バイ警官の姿に気がつく。

驚愕《きょうがく》した女は、反射的にエンジンをかけた。ドアをあけなさいと、警官が叫ぶ。ロックされたドアを、夢中で引っ張る。だが、女はアクセルを踏んだ。

赤いベンツは、急発進した。前方にいた警官が、ボンネットのうえに飛び上がった。すぐにボンネットの側面へ転げ落ちたが、警官は地上に横たわったままだった。

一方の警官が、白バイに飛び乗ってあとを追う。赤いベンツは大きく尻を振って、パーキングエリアの出口へ向かう。ところが、出口に沿っているガードレールに衝突《しょうとつ》、赤いベンツは停止した。

追いついた警官が、ものすごい形相《ぎょうそう》で運転席の窓ガラスを叩く。女はがっくりとなって、あきらめたようにロックをはずした。警官はドアをあけて、女を引きずり出す。その場で、手錠《てじょう》をかけた。

公務執行妨害、並びに傷害の現行犯逮捕である。

女はパトカーで鳥栖警察署へ連行したが、途中で失神したので鳥栖市内の病院へ運んだ。赤いベンツにぶつかった白バイ警官は、頭を打って気を失ったが、左腕の骨折だけですみそうだった。

病院へ運ばれた女には特に外傷がなく、医師の診断によると失神も精神的な作用によるものだという。ただし、心身の疲労が甚《はなは》だしいので、今日いっぱい静養と加療《かりょう》のために入院させることにした。

県警本部は公務執行妨害と傷害の容疑の取調べが終了した時点で、直ちに女の身柄《みがら》を有田署の捜査本部へ移すように鳥栖署に指示を与えた。

女は病人ということで、いまのところ取調べを行なっていない。女のほうもまだ、何ひとつ喋《しゃべ》らずにいる。ただ女の運転免許証によって、身元だけは明らかになった。

香山弓江《かやまゆみえ》、三十二歳。

東京都港区白金台《しろかねだい》二ノ六ノ五〇『マンション・エスニック』

なお、赤いベンツの車内から、スコップなどは見つからなかった。しかし、車のトランクルームから、石英《せきえい》質の長石《ちょうせき》を主成分とする白磁鉱の陶石の粉末をまじえた土を採取した。

この土は、泉山磁石場のものと同質である。土はほんの少量なので、トランクルームの中にあったスコップから、落ちたものと推定できないことはない。

「以上です」

電話を切ってからの有田署の署長は、そのように詳しい情報を聞かせたのであった。

それで署長室にいた全員が、得心《とくしん》したという顔つきにもなれたのである。赤いベンツの女を逮捕したと聞いたときの最初の驚きが、いまはツイているという安堵《あんど》感に変わっていた。

検問の網にはかからなかったが、予想外の形で赤いベンツの女は捕捉《ほそく》された。それも公務執行妨害と傷害で、現行犯逮捕されたのであった。

別件でも身柄を拘束していれば、捜査陣にとってはすこぶる有利になる。見通しが明るくなるとはこのことで、さいさきよしと誰もが勇気づく。

これがもし県外へ逃れて、赤いベンツの女の行方《ゆくえ》がわからないとなれば、初めからつまずいたということで捜査は難航《なんこう》する。何よりも幸運に、感謝しなければならない。

「東京から有田まで、ほとんど休まずに車を飛ばしてきた。その車には、死体を積んでいる。心身ともに、疲れるはずだよ」

捜査一課長は緊張していても、どこか笑っているような目つきでいた。

「それ以前にも、殺人という重労働と精神的消耗《しょうもう》があったんですからね。香山弓江という女は、かなり参っていたんでしょう」

古賀管理官は自分も疲れたというふうに、尻餅《しりもち》をつくようにソファに腰を落としていた。

「香山弓江は、有田から逃走した。高速へはいる前に、スコップをどこかに捨てたはずだ。そのあと波佐見・有田インターから、西九州自動車道へ入路した。もちろん香山弓江は一気に佐賀県内を横断して、福岡方面へ突っ走るつもりでいたんだろう」

「時間的には、そうすることができたんですからね。休まずに飛ばしていけば、逃走は可能だったんです」

「ところが香山弓江は昨日の午前中に東京を出発して、今朝まで一睡《いっすい》もしないで車を運転し続けた。ここ数日間の心身の疲労の蓄積に睡眠不足がプラスされて、香山弓江の体力は限界に達していた」

「長崎自動車道を走りながら何度か、眠りに引き込まれそうになったんじゃないんですか」

「きっと、そうだったんだろうね。このままでは、危険だと不安にもなる。それに睡魔《すいま》と闘《たたか》うことに、耐《た》えきれなくなった」

「ちょっと休んでいこう、十五分ぐらいなら眠っても大丈夫だ。そうした誘惑に、勝てなくなりますな」

「そんなとき、パーキングエリアが香山弓江の目に映じた」

「もう、我慢《がまん》できません」

「香山弓江は、山浦パーキングエリアに車を停めた。目を閉じたとたんに、もう夢心地だよ」

「そのまま、ぐっすり眠り込んでしまったんでしょう。十五分どころか、四時間近くも目を覚まさなかったことになります」

「そのために、白バイに発見された。眠ったことが、取り返しのつかない大失敗となった」

杉田捜査一課長は、喫煙《きつえん》の習慣がないくせにタバコをくわえた。

「結局、香山弓江は逃げきれない女だったんですね」

古賀管理官は、後頭部に回した両手を組み合わせた。

「香山弓江という名前に、聞き覚えがありませんか」

身長一・八メートルの男が、緩慢《かんまん》な動きで起立した。

「自分は、記憶しています。いや、香山弓江とは、忘れることのできない名前ですな」

水木警部補の顔に、笑いはなかった。

第二章　十五年前の歌手

1

午後になって、八名の刑事が東京へ向けて出発した。

古賀管理官の人選によって県警本部捜査一課強行犯捜査一係から四名、佐賀署と有田署の刑事課からそれぞれ二名ずつの刑事が指名された。当初、四名を東京へ派遣する予定でいたのが倍の八名になったのは、被疑者の氏名と身元が明らかにされたためである。

八名のうち四名は、まず被害者の身元を突きとめる。そのうえで、被害者の日常と交遊関係、それに殺害される動機などを洗い出す。残り四名は被疑者の香山弓江の身辺捜査と、被害者との接点、殺害動機などの捜査を担当する。

今日は日曜日なので明日を待って、県警本部が佐賀県公安委員会に事情を説明する。佐賀県公安委員会から、東京都の公安委員会へその旨《むね》の連絡が行く。

協力要請には違いないが、警視庁の刑事を動員してくれというように具体的な内容ではない。何かのときには便宜《べんぎ》を図《はか》ってもらいたい、という儀礼的なものだった。

県警本部からも警視庁へ、ファックスによる連絡を入れる。だが、こっちのほうもお世話になるかもしれないが、よろしくお願いするといった挨拶《あいさつ》程度である。実際に警視庁の協力を、必要とする可能性はないのだ。

午後一時に、有田署をはじめ県内六つの警察署の刑事課からの応援部隊が勢ぞろいした。有田署の二階の会議室で、最初の捜査会議が開かれる。

学校の教室のように机と椅子《いす》が置かれて、そこに九十名の捜査員が着席した。正面には捜査本部長、杉田捜査一課長、古賀管理官、その他の係長たちが居並ぶ。

全員の簡単な自己紹介が終わると、遺棄《いき》された死体と泉山磁石場の遺棄現場の写真が配られた。そのあと古賀管理官が、黒板に書かれているとおりに順を追って事件の概要《がいよう》を説明する。

「はい」

質問者が、挙手《きょしゅ》をした。

「どうぞ」

古賀管理官が応じた。

「公務執行妨害と傷害の現行犯で逮捕《たいほ》した香山弓江を、泉山の死体遺棄事件の犯人《ホシ》と考えていいんですか」

「それはまだ、推定にすぎません」

「単なる被疑者ですね」

「いや、被疑者とまでもいきません。現時点では、逮捕もできないんだから……」

「参考人ですか」

「重要参考人です」

「しかし、明日には捜査本部へ移送されるとのことでしたが……」

「それも、任意同行という形できてもらいます」

「じゃあ取調べではなくて、事情聴取ということですね」

「そういうことになるでしょう」

「身柄も、拘束《こうそく》しないんですか」

「身柄は公務執行妨害と傷害の被疑者として、拘束されることになります」

「わかりました」

「ほかに……」

若い刑事は、口を結んだ。

古賀管理官は、会議室全体を見回した。

「香山弓江は、殺しと結びつかないんですか」

中年の捜査員が、立ち上がった。

「いまのところは、死体遺棄どまりです。香山弓江は死体の運搬と遺棄だけを、引き受けたのかもしれないんでね」

気の早い質問だというふうに、古賀管理官は苦笑した。

「自分も香山弓江は、死体の運搬と遺棄だけを分担したのであって、殺しには関与していなかろうと思います」

「その根拠は……」

「死体は全裸に近い状態にありながら、ブラジャーとパンティを残していたという点です」

「全裸に近い状態にしたのは、もちろん着衣から身元が割れるのを恐れてのことでしょう」

「だったら完全に、全裸にすべきですよ。ブラジャーやパンティだって、身元を割り出す手がかりにはなりますからね」

「ところが殺害した犯人は、ブラジャーとパンティに限りそのままにしておいた」

「犯人が女であればブラジャーだろうとパンティだろうと、容赦《ようしゃ》なく剥《は》ぎ取るんじゃないんですか」

「女ならば同性のブラジャーやパンティを剥ぎ取っても、何も感じることはないからってわけですか」

「それに女だったら、ブラジャーやパンティも身元割り出しの手がかりになるってことを、何となく承知しているんじゃないですかね。そういう点では男より女のほうが、用心深くて徹底していることは、自分の経験から言っても確かだという気がするんですがね」

「つまり、殺害して被害者の着衣を剝いだうえ、ビニールシートに包んだのも、男だろうという推定ですね」

「着衣を剝ぎ取らなくても、最初から被害者はブラジャーとパンティだけの格好《かっこう》でいたのかもしれません。犯人が男であれば、被害者と特別な関係にあったとも考えられます。それで被害者は犯人の前で服を脱いで、ブラジャーとパンティだけの姿でいたということもあり得るでしょう」

「これから風呂にでもはいろうというときだったら、ブラジャーとパンティだけになったりしますね」

「そういう被害者を、犯人は殺害した。ですが犯人はあえて、被害者のブラジャーやパンティを脱がそうとしなかった」

「どうしてです」

「ブラジャーやパンティぐらい、身につけていても大丈夫だろうと、犯人は大《たい》して気にしなかったのかもしれません」

「女と違って男というのは、死体を全裸にしにくいものです。殺したとはいえ相手は女なんですから、死体を全裸にするのは気が引けますよ」

「まして自分の恋人、妻、愛人ということであれば、胸や下腹部までまる出しにするのは、何となく恐ろしいみたいに思えてくる。せめて恥ずかしい部分ぐらいは、隠しておこうという仏心《ほとけごころ》も働く」

「男には、一種の感慨《かんがい》のようなものがあるでしょうからね。逆に被害者が男で犯人が女だったとしたら、やはり死体にブリーフははかせておこうと思うでしょう」

「しかし、今回は被害者が女であり、犯人は男だろうと推定される。したがって香山弓江は、死体の運搬と遺棄のみを分担したのではなかろうか、という意見ですな」

「そうです」

「意見として、聞いておきます」

管理官は、うなずいた。

「どうも、すみません」

なぜか謝ってから、中年の捜査員は着席した。

「死体を、どこから運んできたのか。それは、東京からということで間違いないんでしょうか」

「それだけですか」

最前列から、そんな発言があった。

「間違いないと思います」

古賀管理官は、目の前の捜査員を見おろしていた。

「香山弓江が東京に住んでいるからといって、東京から死体を運んできたとは限らないんじゃないんですか」

質問する捜査員の声は、若々しくて張りがあった。

「当然です。香山弓江が東京の住人だろうと、近畿地方や中国地方、あるいは九州の某所《ぼうしょ》から死体を運んできたとしても不思議じゃありません」

「何も東京からはるばる西九州まで、死体を運んでくる必要はないと思うんです。もっと東京に近いところの山中に埋めたり海中に沈めたりしたほうが、楽なうえに危険性も少ないはずです」

「香山弓江は、有田に土地鑑があった。有田町を、よく知っていた。そういう場合、死体をどこへ運ぼうかと考えたとき、真っ先に佐賀県有田町が頭に浮かぶってことがあるんじゃないんですか」

「動物の帰巣性《きそうせい》みたいなもので、遠いところだろうとよく知っている場所のほうが、安心できるってことですか」

「それに加えて、死体はできるだけ遠くへ運ぼうという心理も働きます」

「香山弓江は、東京から有田へ直行したと考えていいんですか」

「百パーセント、そのはずです。香山弓江のベンツの助手席に、高速道路の通行券と日本道路公団の領収書が投げ出してありました。どっちも、武雄南インターの発行となっています」

「武雄南インターの料金所で領収書を受け取ったとなると、そのまま直進して波佐見・有田で高速を出て、有田町へ向かったことになりますね」

「そうです。知ってのとおり高速の通行券には月、日、何時、何分まで入路時間が記録されている。しかし、料金所でよこす領収書には、年月日しか記されていません。香山弓江が武雄南の料金所で受け取った領収書には、95年10月29日と記録されているだけでした」

「今日の日付ですね」

「領収書には、料金所では一旦《いったん》停車してください、領収書、日本道路公団、料金、車種、年月日、料金所、ご利用ありがとうございます、という活字が印刷されています。そして、この領収書に記録されるのは、料金、車種、年月日、料金所ということになります。香山弓江が持っていた領収書には、車種が普通、年月日が95・10・29、料金所が武雄南とありました。さらに何よりも重要なのは料金で、記録されていた金額は東京から武雄南までの料金と一致したんです」

「すると香山弓江は東京から武雄南まで、高速をひた走って直行したということが証明されますね」

「そうです。それに通行券のほうも武雄南インターで受け取ったもので、これには10月29日6時15分と記録されていました」

「今朝の六時十五分ですか」

「問題は東京からの通行券だが、これも捜査会議が始まる直前に発見されました」

「見つかったんですか！」

最前列の刑事は絶句して、そのまま黙り込んだ。

新しい情報が披露《ひろう》されるとなると、もはや一捜査員と管理官の問答ではすまされない。ここにいる全員に知らされるべきだ、という自覚があったのだろう。

「その通行券は当然のことながら、武雄南の料金所で発見されました」

古賀管理官は、メモ用紙を手にした。

管理官も最前列の刑事には、目を向けなかった。会議室のあちこちへ、管理官は忙《せわ》しく視線を走らせた。

「今日の早朝の通行券に限って調べたので、作業は容易だったそうです。真夜中も変わらない時間に、武雄南の料金所から出路する車はそう何台もありませんのでね」

古賀管理官は、そのように説明を始めた。

それによると、調査の対象とした通行券の中から簡単に、ただ一枚だけ東京からの通行券が見つかったという。

その通行券には東京から東名《とうめい》高速へ入路した日時が、10月28日9時21分と記録されていた。昨日の午前九時二十一分に、高速道路における東京という基点を出発していることになる。

武雄南の料金所の係員がその通行券を受け取り、規定の料金の支払いを待って領収書を渡す。それが香山弓江の車の助手席にあった領収書で、記載されている金額も東京からの料金と一致した。

武雄南の料金所の係員も、赤いベンツに乗った女のことを覚えていた。何しろ、夜明け前という人間が活動を停止する時間帯であり、料金所へさしかかる車もほとんど途絶《とだ》えている。

そこへ、赤いベンツという目立つ車がやってきた。ドライバーは、サングラスをかけた女である。しかも女が差し出したのは、あまりお目にかからない東京からの通行券だった。係員の印象に強く残るのは、当たり前のことといえる。

「まだ今日のことなんで、はっきり覚えています。あの赤いベンツが料金所で停車したのは、午前四時四十分ごろだったですね。これは、正確だと思いますよ」

係員は、そう証言した。

その通行券の表と裏から指紋が出たが、裏面のひとつは病院で採取した香山弓江の示指《じし》の指紋と一致した。これで、次のようなことが明らかになった。

香山弓江は、昨日の午前九時二十一分に東名高速の走行を開始する。以後、東名、名《めい》神《しん》、中国道、九州道、長崎道と高速道路をたどったことになる。

そして長崎自動車道から西九州自動車道へそれて、武雄南の料金所についたのが今日の午前四時四十分。香山弓江は十九時間二十分で、全長一千二百二十キロの高速道路を走ったという計算である。

車に他殺死体を積んでいれば、スピード違反などに引っかかることを恐れる。その点を考慮《こうりょ》して、時速八十キロのスピードを保ったと思われる。

約一千二百二十キロを時速八十キロで走れば、十五時間以上を要する。だが、途中のトイレ、休憩《きゅうけい》、食事、給油などのために四時間をロスしたとしても不思議ではない。

武雄南の料金所を通過してからも、西九州自動車道を走行する。十キロ走ると、波佐見・有田インターである。このインターには、出口の料金所も入口のゲートもない。

そこから一般道路へ出ると、二百五十メートルほどで有田町にはいる。北へ五キロ走り、JR佐世保線の踏切を渡って東へ転じ、四キロ先が泉山磁石場となる。時間的に無人の道路だから、ゆっくり走っても十五分とかからない。

入口に張られたロープをはずして、泉山磁石場の中へ車を乗り入れる。擂鉢《すりばち》の底のようになっている場内を走り回って、死体を埋めるに適したところを物色《ぶっしょく》する。

そして、いちばん奥の断崖《だんがい》の下に、死体を埋めることを決める。やや上方に横穴があったが、とてもそこまでは死体を運べない。香山弓江は断崖の裾《すそ》に、高く盛り上げられた土の小山に穴を掘り、死体を埋めることにした。

それが、午前五時ということになる。香山弓江は、穴を掘り始める。しかし、女の力であって道具もスコップだけだから、作業は思うように捗《はかど》らない。

それほど深く掘れないうちに、香山弓江は車の中の死体を運んで穴へ入れなければならなかった。そのころは早くも、五時三十分ごろになっていた。

香山弓江は、大急ぎで穴を埋めにかかる。しかし、それがほぼ終わったときに、車のライトがあたりの闇《やみ》を照らすことになった。坂田修一が、出現したのである。

2

何も知らない相手にしろ、香山弓江の行動は十分に怪《あや》しまれるはずであった。とにかく逃げなければならないと、香山弓江はあわてた。はっきりと目撃されないうちに、逃走を図ることだった。

香山弓江はスコップをトランクルームへ投げ込み、赤いベンツの運転席に飛び乗った。ライトで相手の目をくらますようにして、香山弓江はベンツを走らせた。

相手はライトを避けるように、道からはずれて車を停めた。しかし、闇に立ちのぼる土《つち》煙《けむり》が、何とかベンツの車体を包んでくれる。香山弓江はスピードを上げて、泉山磁石場の入口へ向かった。

時間は坂田修一の推定によると、五時三十分から四十分ぐらいだったという。香山弓江は、来た道を引き返したはずである。泉山磁石場から十九キロの距離を逃走して、西九州自動車道の武雄南インターにつく。

ところが、武雄南インターのゲートで香山弓江が受け取った通行券には、10月29日6時15分とあった。わずか十九キロの道を猛《もう》スピードで逃走するのに、三十分以上もかかっている。

十五分以上が、余分だった。つまり、時間的に空白が生じている。この空白に、何が行なわれたのか。おそらく香山弓江がスコップを、捨てるか隠すかするのに費《つい》やされた時間なのに違いない。

香山弓江は再び、佐賀県から東京へと旅立った。一千二百キロ余りの高速道路を、逆行するのであった。多分、明日の午前中には東京の自宅に、帰りつく予定でいたのだろう。

だが、五十キロも走ったあたりで、香山弓江は我慢《がまん》しきれないほどの睡魔《すいま》に襲《おそ》われた。精神力も気力も抵抗しきれずに、眠りに引き込まれてしまう。

運転がおろそかになり、居眠りは避けられなかった。香山弓江は、身の危険を感じた。

やむを得なかった。十五分か三十分でいいから、車を停めて眠ることにした。香山弓江の目に、山浦パーキングエリアが映《えい》じた。欲も得もなくパーキングエリアへはいり、駐車場に車を停める。香山弓江は、あっという間に眠りに落ちた。そのときは、午前七時ごろだったと推定される。それから白バイに発見される午前十時四十分まで、香山弓江は三時間四十分も深い眠りの中にあったのである。

「以上のように香山弓江の行動については、いろいろな角度から明確にされているわけであります」

古賀管理官は、軽く会釈《えしやく》をして自分の席に戻った。

このとき、会議室へ大量の写真が運び込まれた。入院先で撮影した香山弓江の顔写真が、多く焼き増ししたうえで届けられたのだ。直《ただ》ちにキャビネ判の顔写真が、捜査員全員に配られた。

鮮明な顔写真で、サングラスもかけていない。手配写真といったきつい表情ではなく、スナップ写真のように自然な顔でいる。三十二歳には、とても見えない。

あどけないというか、少女っぽい童顔《どうがん》なのである。美人というより、可愛いと表現すべきだろう。男好きのするチャーミングな容貌《ようぼう》で、犯罪者にほど遠いという印象だった。ボブというヘア・スタイルも、よく似合っている。

「三十七、八で通るだろう」

「実物はもっと、若く見えるんじゃないんですか」

「化粧や服装によっては、二十四、五にだって化けられるだろう」

「身長一・五九とあるけど、これで小柄なんですね」

「主婦かな」

「水商売の女って感じも、どことなく認められるな」

「タレントっていう雰囲気も、するんですが……」

「見たことがあるような顔だ」

「芸能人の誰かに、似ているんじゃないのか」

刑事たちはそこここで、そのような私語を交わした。

「念のために、付け加えておきたいことがあります」

前列の端《はし》の椅子にすわっていた刑事が、腰を浮かすようにして発言を求めた。

「水木君かね」

古賀管理官が、例の話かというようにニヤリとした。

「この顔写真に、見覚えがあるというのは正解です」

水木警部補は、立ち上がって向き直った。

潮《しお》が引くように、ざわめきが遠のいて消えた。会議室は、静まり返った。捜査員たちは、水木警部補に注目する。落としの達人として知られる水木の発言となると、誰もが何となく興味と緊張を覚えるのだ。

「ただし、二十七、八以下の捜査員となると、記憶にはないかもしれません。自分は記憶しているどころじゃない、いまもって忘れることができない大スターです」

多少、照れ臭そうではあるが、水木警部補はユーモアと無縁の面持《おもも》ちだった。

大スターという言葉が意外であったらしく、捜査員たちは改めて香山弓江の写真を眺《なが》めやった。何やら思い当たったり、首をひねったりで、捜査員の顔が忙しく動いた。

「この香山弓江が、有田に土地鑑《とちかん》があっても不思議じゃない。香山弓江は、ここ有田町の出身だからです。彼女は有田町で生まれて、十六歳になるまで有田町で育ちました。香山弓江は本名ですが、香山の山を川に変えて、弓江の江を子とする。すなわち香川弓子《かがわゆみこ》が、彼女の芸名でした」

もうわかったはずだというように、水木警部補は会議室の各所へ視線を移した。

会議室に、どよめきが広がった。驚きと、納得の声である。大部分の捜査員が香川弓子という名前に聞き覚えがあり、懐かしい思い出を蘇《よみがえ》らせたのだ。

予想していたとおり、二十七、八歳の捜査員は何も感じない顔でいる。彼らは、香川弓子という芸能人を知っていない。十七年もむかしのことだから、無理はなかった。

「香山弓江は中学三年生のときに、NHKのど自慢の優勝者全国大会に出場して、演歌の天才と称賛《しょうさん》され、みごとに第一位優勝の栄冠を射止《いと》めました。それがいまから、十七年前のことです」

水木警部補は、話を続けた。

「自分はまだ小学生だったので、何も記憶しておりません。それでもう少し詳《くわ》しく、話していただけませんか。たとえば、香山弓江の生い立ちなど……」

水木と同じ強行犯捜査二係に所属する田口《たぐち》という若い刑事が、ハンカチを振って質問者であることをアピールした。

「香山弓江は、有田町の香山酒店《かやまさかてん》という小さな酒屋に生まれました。彼女はひとり娘、兄弟のいないひとりっ子です。彼女の両親は確か鳥取市の出身で、若いときに佐賀県有田町へ移住してきたと聞いています。それで両親は大変に苦労した末に、小さいながらも酒屋という店を持つことができたんです」

水木は両手を、ズボンのポケットに差し入れた。

「警部補はどうしてそんなことまで、詳しく知っているんですか」

田口刑事が、大きな声で訊《き》いた。

「香川弓子の熱烈なファンだったからです。彼女に関することをいろいろと覚えているのも、そのせいだと思ってください」

水木は真面目《まじめ》に答えたが、何人かの捜査員がクスクスと笑った。

「その酒屋はいまでも有田にあるんですか」

伸び上がるようにして、田口刑事が言葉を放った。

「ありません。香山酒店はとっくになくなって、現在、跡地も道路になっているそうです。それはひとり娘の弓江が、家を継《つ》がなかったからでしょう」

「香山家には、親戚《しんせき》の人間もいなかったんですか」

「両親が鳥取から移住してきたという事情を考えれば、察しがつくと思います。佐賀県に、親類縁者はいません。鳥取にも彼女の身寄りはいないと、何かで読んだような気がします」

「曾祖父《そうそふ》とか叔母《おば》とかも、いないんでしょうか」

「三親等《さんしんとう》内の人間どころか、従兄弟《いとこ》もいないようです。したがって、両親亡きあとの香山弓江は、天涯孤独《てんがいこどく》の身の上になったわけです」

「香山弓江の両親は、いつごろ死亡したんですか」

「母親の多喜子《たきこ》さんの死亡は、十年ぐらい前だと思います。その翌年に、父親の益次郎《ますじろう》氏も他界しました。どっちも、病死だったですよ」

「そのころ香山弓江は、有田にいなかったんですね」

「香山弓江は十六歳で上京したっきり、有田町に住むことがなかったんです。隠れるようにして帰郷《ききょう》したことが、何度かあったと聞いています。これは推定ですが、両親の葬儀《そうぎ》には顔を出しているでしょう」

「両親が死亡したときの香山弓江は、二十二歳から二十三歳といったところだったんですね」

「それくらいでしょう」

「そのころの香山弓江は、もう有名な芸能人じゃなかったんですか」

「残念ながら……」

　水木は、首を振った。

「隠れるようにして帰郷したそうですが、それにはそうしなければならない理由があったんですかね」

　田口刑事は、考え込む眼差《まなざ》しになっていた。

「全国的にもスターとなり、地元では佐賀県の星だと期待された芸能人が、ただの女に戻ってしまったらどうなるか。人目を引くような派手な姿で、有田へ帰ってこられますかね」

　水木は一瞬、目を伏せていた。

「警部補、何とも釈然としません。どうも香山弓江という女が、謎《なぞ》っぽく感じられるんです。もう少し具体的な説明を、お願いできないでしょうか」

　田口刑事は立ち上がって、すぐまた椅子に腰を落とした。

「いいでしょう」

水木警部補は、黒板の前まで足を運んだ。

香山弓江
香川弓子
水木は黒板の端の部分に、チョークで二つの姓名を並べて書いた。香山弓江が中学三年生のときに、NHKのど自慢優勝者の全国コンクールに出場したことは、すでに述べてある。

その全国コンクールでも、香山弓江は優勝を果たした。日本一の素人《しろうと》歌手として認められ、プロの審査員たちから演歌の天才と高く評価された。そうなれば少女が歌手になりたいという夢を、断ち切れなくなるのは当然だった。

両親が反対しても、香山弓江は耳を貸さない。

中学卒業を待って、香山弓江は上京する。弓江は、全国大会で最高点をつけてくれた審査員でもあった有名な某作曲家の門を叩《たた》く。

その作曲家は、弓江の両親と話し合いを持つ。両親は渋々《しぶしぶ》ながら、よろしくお願いしますと作曲家に頭を下げる。それで作曲家は弓江を、内弟子として預かることにする。

弓江の東京での生活は高校通学、家事手伝い、そして歌のレッスンに打ち込むことだけであった。

その間に師の作曲家が惚《ほ》れ込むほど、弓江の演歌には磨《みが》きがかかった。

一年後、十六歳の歌手が誕生する。

弓江は『縁切り《えんき》』という演歌で、デビューしたのである。

このとき芸名としては、香山弓江を香川弓子と改めている。

十六歳の高校生で、演歌の天才。マスクも初々《ういうい》しくて、可憐《かれん》という美少女タイプ。作詞・作曲とも、実に素晴らしい。と、前評判は上々であった。

ところが、そんな前評判も真っ青というほど、『縁切り』は空前の大ヒットとなったのだ。ミリオンセラーを軽く超えて、レコードの売り上げは四百万枚に達した。

当時一日に一回、『縁切り』の歌を耳にしない日本人は、ひとりもいなかっただろうと思われる。

テレビ、ラジオ、有線から、これでもかこれでもかというように香川弓子の『縁切り』が聞こえてくる。

それより二年前の昭和五十二年から、日本はカラオケ・ブームに沸《わ》いていた。そのことも、『縁切り』の異常なヒットに大きく影響する。全国津々浦々《つつうらうら》のカラオケのある店では、五十八パーセントの客が『縁切り』を歌ったという。

香川弓子は華々《はなばな》しいデビューを飾り一躍《いちやく》、演歌の新人スターの地位を占めたのだ。それからの二年間、香川弓子は『縁切り』だけで、スターの座を維持《いじ》した。

テレビの歌謡番組をはじめ各種イベントやコンサート、全国各地での公演に出演するスケジュールで、二年間がびっしりと埋まっていたのだった。

香川弓子こと香山弓江は多忙を極《きわ》めたが、どこへ行こうと熱狂的な歓迎が待ち受けていた。香川弓子のファンクラブができない都市のほうが、少ないとまでいわれた。

アイドルとは違った国民的美少女歌手、五十年にひとりの天才演歌歌手、将来は歌謡界をしょって立つ大スター、といった讃辞《さんじ》が惜しげもなく香川弓子に贈られた。香川弓子としての二年間は順風満帆《じゅんぷうまんぱん》、輝ける人生だったのである。

しかし、その輝ける人生は、二年間に限られていた。十八歳になったある日、公演先で倒れた香川弓子は緊急入院したのだった。病名は肺結核、及び低血圧症と公表された。

この悲劇はいっそう、香川弓子の人気を高めることになる。『縁切り』はさらに売れ行きを伸ばし、大勢の人々に歌われた。ファンはもとより世間一般も、同情を込めて香川弓子の再起を願った。

だが、そうした期待は、半年後に裏切られる。香川弓子は記者会見で、芸能界に復帰することを否定したのだ。その理由として、彼女は健康第一を挙げた。

「何とか高校を、卒業することができました。同時にわたしは、短い歌手人生も卒業したのです。今後は香川弓子ではなく、普通の娘の香山弓江に戻ります。ご声援、ありがとうございました。みなさん、さようなら」

名セリフとされた引退宣言を残して、香川弓子は芸能界から去ったのである。

その日から実際に、香山弓江に戻ったといえる。彼女は二度と、マスコミの取材に応じていない。それどころか、関係者の前からも姿を消している。

東京を、離れたらしい。郷里の佐賀県にも、帰っていない。どこかで人知れず、療養《りようよう》生活を送っているようだ。経済的に困るようなことはない、と噂《うわさ》されるだけで確かめようもなかった。

何しろ香川弓子のマネージャーを務《つと》めたレコード会社の社員にさえも、彼女の消息はまったくつかめていないのである。レコード会社との契約も、自然消滅を待つ形になっている。

香川弓子に支払われるべき収入は、都内の某銀行の指定の口座に振り込まれる。所得税についても、レコード会社が処理を任《まか》されている。香川弓子には、所在を明らかにする必要がないのだ。

まして香川弓子は健康を害して、引退した歌手であった。静かに療養することを、望んでいる病人だった。そうなると人道的な意味からも、香川弓子の行方《ゆくえ》を追う権利は何者も有さない。

みごとな散《ち》り際《ぎわ》であり、香川弓子は惜《お》しまれつつ完全に消えたのである。三年もすると、香川弓子は忘れ去られた歌手の名前となった。

十四年がすぎた現在では、香川弓子のことを思い出す人間もいないだろう。いまでも、どこかでたまに蘇るのは、『縁切り』という演歌だけであった。

「こうして打揚《うちあ》げ花火のように、佐賀県の豪華な星はあっという間に夜空に消えたわけです。その香川弓子が香山弓江という本名で、本日われわれの前に十数年ぶりに現われました。それも、凶悪な事件の重要参考人として……」

水木警部補は、憮然《ぶぜん》とした面持ちで言った。

「諒解《りようかい》しました」

田口刑事が、水木警部補に会釈を送った。

「自分は二十九歳ごろに、初めて〝縁切り〟という演歌を聞きました。自分はたちまち、この演歌の詞とメロディに魅《み》せられて、香川弓子の熱烈なファンになりました。十六年がたっても、そういう自分に変わりはありません。いまでも自分がカラオケで歌うのは、この〝縁切り〟一曲だけです。知らない人、忘れた人が大半だろうと思われるので、自分がここで〝縁切り〟を歌います」

水木警部補は、マイクを握ったような手つきをして、それを口に近づけた。

捜査会議の席で警部補が歌謡曲を歌うとは、前代未聞《ぜんだいみもん》の珍事といえるだろう。本来ならば到底、許されることではない。しかし、捜査本部長以下の幹部たちも、制止する気配は見せなかった。

水木警部補の真剣な面持ちは、不謹慎《ふきんしん》な行為というものをまるで感じさせない。捜査員も全員が冷やかしの拍手を送ったりせずに、真摯《しんし》な態度で水木の歌に聞き入った。お世辞にも、うまいとは言えない演歌であった。だが、四十五歳の警部補は伴奏《ばんそう》もないのに心を込めて、『縁切り』という演歌を熱唱した。

凍《こご》えた指に白い息
つかんだ雪に口を寄せ
あなたの足跡　見つめてる
すがって泣くのが遅すぎて
無邪気に見送る真似《まね》をした
生き別れなの
それとも二人　死に別れ

水木警部補が歌い終えても、会議室に笑う顔はひとつもなかった。圧倒されたかのように、九十人からの刑事が身動きもせずにいる。寂《せき》として声なしであった。

3

東京へ派遣された八名の捜査員のうち、被害者の身元割り出しを担当する四人の刑事は、夜の八時に世田谷《せたがや》区の祖師谷《そしがや》三丁目を訪れた。

例の青山円形劇場の入場券の裏面にメモされていた電話番号が、あっさりと捜査の道を開いてくれたのである。東京につくとすぐに、責任者の富沢《とみざわ》警部補が電話をかけたのだった。

「もしもし、森《もり》ですけど……」

昼間は留守だったらしいが、いまは待たせずに女の声が電話に出た。

「恐れ入りますが、お宅に十月二十四日のことですが青山円形劇場へ、行かれた方はいらっしゃいませんかね」

富沢警部補は、自分が何者であるかを明かさなかった。

相手は、殺された人間と接点を持っている。もし加害者の側に立つ者であれば、警察と聞いて用心しないはずはない。嘘《うそ》をつくか、電話を切るかする恐れもあった。

「青山円形劇場ですか。わたくしもよく参りますが、十月二十四日となりますと……」

警戒するふうもなく、女はおっとりした口調で応じた。

「アントニオ・ドミンゴの公演です」

　富沢警部補は、犯罪などに無縁なお嬢さんタイプの女と、判断を下していた。

「アントニオ・ドミンゴとの宵《よい》でしたら、もちろん参りました」

　女のソプラノが、急に華やいだ声になった。

「十月二十四日の青山円形劇場へ、あなたご自身が行かれたんですね」

　富沢警部補は、これで決まりだと深く息を吸い込んだ。

「それには間違いありませんが、そちらさまはどなたでしょうか」

　女はようやく、その点を確かめるべきことに気づいたようだった。

「実は、警察なんですが……」

　もう迷うこともなく、富沢警部補は刑事であることを告げた。

「警察……」

　女は特に、驚かなかった。

「あなたのお知り合いのことで捜査中なんですが、是非ともご協力をお願いしたいんです。これから、お宅へお伺《うかが》いしてもよろしいでしょうか」

「それは構いませんけど、わたくしの知り合いってどなたのことでしょう」

「十月二十四日、青山円形劇場で一緒だった若い女性です」

「あたくし、アントニオ・ドミンゴの特別公演には、ひとりで参りました」

「でしたら十月二十四日の青山円形劇場で、初めて知り合った女性なのかもしれませんね」

「その方のお名前は……」

「それを、あなたに伺いたいんです」

「何だか、よくわからないお話ですのね」

「とにかく、会っていただければわかります」

「そうなんですか」

「恐縮ですが、お名前とご住所をお聞かせください」

「住所は、世田谷区祖師谷三ノ九〇ノ五。名前は、森喜美子《きみこ》です。喜美子は、喜ぶに美しい子と書きます」

「ご職業は」

「学生です。二十二になっておりますが、大学院へ進みましたので……」

「どうも、ありがとうございました。一時間後には、お伺いします」

富沢警部補はいつもの癖で、電話機に向かって頭を下げていた。

「わかりました」

森喜美子という大学院生のお嬢さまは、電話の切り方まで静かだった。

富沢警部補たち四人は、タクシーで世田谷区祖師谷三丁目へ向かった。約束したとおり一時間後の午後八時に、タクシーは祖師谷三丁目についた。森家を捜して、あちこち走り回る必要はなかった。タクシーの運転手が最初に声をかけた通行人が、ちゃんと森家の場所を承知していた。

富沢警部補が予想していた以上に、森家は豪壮《ごうそう》な大邸宅《だいていたく》であった。幅のある鉄柵《てつさく》の門から、ポーチ付きの玄関までの距離が、敷地の広さを物語っている。

この豪邸の主の職業こそが、関係のないことながら気にかかる。警備されていないところを見ると、政界の大物ではないようである。成金《なりきん》とは思えないし、大企業の経営者なのだろうか。

四人の刑事は恐れ多くて、通用門に回らざるを得なかった。インターホンを通じて、警察の者ですが森喜美子さんにお会いしたいのですがと申し入れる。

姿を現わしたお手伝いに、富沢警部補が名刺を渡した。二名の刑事は道路に待機ということで、富沢警部補と若い磯貝《いそがい》刑事だけが門の中へはいる。

お手伝いは、二人の刑事を内玄関に案内した。内玄関だろうと、一般住宅の玄関よりははるかに立派である。ドアをあけるとすでに、森喜美子と思われる女が上《あ》がり框《がまち》に立っていた。

二十二歳だそうだが、まだ少女の面影を残している。知的で繊細《せんさい》で気品があって、近ごろ珍しい清純さが匂《にお》うようだった。滅多《めった》にお目にかかれなくなった本物のお嬢さまを、森喜美子は十分に感じさせた。

「まあ、九州の佐賀県からいらっしゃったんですか」

お手伝いから受け取った富沢の名刺に目を落として、森喜美子は電話と変わらない声を放った。

「厚かましく押しかけまして、申し訳ありません」

富沢警部補は、浅く頭を下げた。

「どうぞ、お上がりください」

長い髪をハラリと落としながら、森喜美子は二足のスリッパをそろえた。

「いや、ここで結構です。お話を伺ったら、すぐに引き揚げますので……」

森喜美子の脚線に目をやるまいと、富沢警部補は自分を戒《いまし》めた。

「でしたら、こんなところで失礼させていただきます」

森喜美子は、玄関マットのうえに両膝《りょうひざ》を突いた。

「さっそくですが、この女性をご存じですね」

お手伝いが奥へ引っ込むのを待って、富沢警部補はキャビネ判の顔写真を差し出した。

富沢の気持ちには、多少の逡巡《しゅんじゅん》が働いている。できることなら、森喜美子のようなお嬢さまの目には触れさせたくない。

写真には死者の顔が、アップで写っている。死後何日が経過しているのか知らないが、このところの異常気象といわれるほどの寒さ続きのせいもあってか、死体の腐敗は顕著《けんちょ》には進んでいない。

写真だけなら、見るも無残なというところは、特に認められなかった。しかし、死に顔であることは一目瞭然《いちもくりょうぜん》だし、森喜美子に激しいショックを与えることになる。

「あら……」

果たして森喜美子は、驚愕《きょうがく》しながら目をそむけた。

「死後の写真ですが目をつぶっているだけで、人相はあまり変わっていないはずです。いかがでしょう、この女性が何者かおわかりですか」

富沢警部補は写真を、突きつけるようにしたままでいた。

「この方、亡くなられたんですか」

森喜美子は視線を、恐る恐る写真に戻した。

「今朝、佐賀県の有田町というところで、遺体が見つかりました」

「あの、陶磁器で有名な有田ですか」

「ええ」

「どうして、九州の佐賀県で亡くなったんでしょう」

「それを、捜査しているんです」

「何だか、恐ろしいわ」

「この女性と、お知り合いなんですね」

「友人とか知人とか、そういうお付き合いはございません。でも、この方を存じ上げてはおります。十月二十四日に、初めてお会いしました」

「場所は、青山円形劇場ですか」

「はい」

「そのときが、初対面だった」

「はい。お互いに、見ず知らずの人間同士でした」

「どういうキッカケで、この女性と知り合われたんです」

「休憩時間にこの井出《いで》さんという方が、劇場のトイレの鏡の前にファッション・リングを忘れていかれたんです」

「井出さん……」

「ファッション・リングは大きなものですから、手を洗うときに邪魔になりますでしょ。それでどうしても指輪をはずして、鏡の前に置いたりするんです。気が急《せ》いているとき、お化粧を直す女性が何人も待っているときなんかには、そのまま指輪を忘れていくことがよくあります」

「ひとりの若い女が鏡の前に、ファッション・リングを置き忘れていった。そのことに、あなたが気づかれたんですね」

「はい。わたくしファッション・リングを持って、女性のあとを追いかけました。すぐに追いついて、その女性にファッション・リングを渡しました。ただ、それだけのことだったんですけど……」

「それが、知り合うキッカケになった」

「安物であっても大事な思い出のあるファッション・リングですって、井出さんはとても喜ばれたんです。そういうことからロビーで、十分ほどお喋《しゃべ》りをしました。二人ともアントニオ・ドミンゴの熱烈なファンという共通点がありますし、それに女同士の安心感も手伝って、その場だけにしろ友だちみたいに話ができたんでしょうね」

「その井出という女性は、アントニオ・ドミンゴの公演にひとりできていたんですね」

「井出さんやわたくしばかりではなく、ほとんどの観客がひとりできていたんだと思います。二枚、三枚というふうに入場券を手に入れることは、とても難しかったんです。何しろ、抽籤《ちゅうせん》でしたから……」

「ほう、抽籤だったんですか」

「それに、アントニオ・ドミンゴのステージを目の前にしているときに、同伴者なんてむしろ邪魔ですもの」

「そして井出さんは、あなたの電話番号を知りたがったんですね」

「はい。ファッション・リングを届けてもらったお礼に、お食事に誘いたいとおっしゃって……。そのうえ井出さんからお名刺をいただいたので、わたくしもお断わりすることができませんでした」

「あなたは名前と電話番号を、井出さんに教えたんですね」

「はい」

「それで、井出さんはどうしました」

「森喜美子という名前は、即座に記憶されたんだと思うんです。ですから井出さんはわたくしが申し上げた電話番号だけを、入場券の半券の裏側にボールペンでメモしておいでした」

「これに、間違いありませんか」

富沢警部補は森喜美子に、ハガキ大のコピー紙を渡した。

それには、被害者のブラジャーに押し込まれていた青山円形劇場の入場券の半券の表側と裏側が、並べてコピーされている。裏面のコピーからは、森家の電話番号も読み取れた。

「はい」

森喜美子は、深くうなずいた。

「十分間の話の中で、井出さんは何か言っていませんでしたか。どんなことでも、よろしいんですがね」

富沢警部補は、コピー紙と死者の顔写真をポケットの中に戻した。

「ファッション・リングのお礼と、あとの話題はアントニオ・ドミンゴのことばかりでしたわ。ほかに、恋人やフィアンセはいないけど、彼はいるのよっておっしゃっていました」

「恋人や婚約者はいないけど、彼氏はいる。どうも、妙な話ですな」

「それから、大学を出て五年目の二十七歳だっていうこと。愛知県の実家には親兄弟がいらっしゃるけど、井出さんはまだ独身のうえ東京でひとり住まい。住まいが東京なのに、勤務先は埼玉県だって……。それくらいのことだったと、思います」

「そこで十分間が経過して、ロビーから場内へっていうことですか」

「はい」

「場内へはいったところで、別れたんですね」

「はい。それぞれ自分の席に戻りましたし、井出さんとわたくしの席が遠く離れておりましたので、それっきりになりました」

「帰りも一緒じゃなくて、別々だったんですね」

「はい。井出さんとは、二度とお会いしておりません」

「食事への誘いは、どうなったんでしょう」

「翌日の夜七時ごろ、井出さんから電話がありました」

「十月二十五日の夜七時ごろですね」

「はい」

「それが、食事への誘いだったんですか」

「そうでした。明日つまり二十六日の夕方五時半に、東京駅の丸《まる》の内《うち》南口の改札で待ち合わせて、スペイン料理の素敵なお店へご案内したいんですけど、ご都合はいかがでしょうかって……」

「あなたは、承知されたんですか」

「何の予定もはいっていなかったので、ありがたくお受けしました」

「じゃあ、約束どおり……」

「十月二十六日の夕方五時半に、東京駅の丸の内南口の改札へ参りました」

「井出さんと、会ったんですね」

「いいえ……」

「どうしてなんです」

「井出さんが、お見えにならなかったんです。六時半まで一時間もお待ちしたんですけど、井出さんはついに現われませんでした。こちらから連絡するのも変な話なので、そのままにしておいたんです」

「それっきり、井出さんからは電話はなかった」

「まさか九州で亡くなられたなんて予想もつきませんので、不思議な女性もいらっしゃるんだということで、井出さんについては忘れかけておりました」

森喜美子は、暗い眼差しにふさわしい溜息《ためいき》のつき方をした。

「恐れ入りますが、井出さんの名刺というのを見せていただけませんか」

お願いしますという意味で、富沢警部補は両手を合わせた。

「少々、お待ちください」

森喜美子は、立ち上がった。

足早に廊下の奥へ遠ざかる森喜美子の後ろ姿を見送りながら、富沢警部補は自分の頰《ほお》をピシリとひっぱたいた。それは、富沢が勇気を得たときの仕草だった。

これで被害者の身元が割れたと、富沢警部補は充足感を覚えていた。

4

翌日は十月三十日、月曜日――。

今日も、真冬のように寒かった。東京駅のホームでは吐く息が白くて、思わずコートの襟《えり》を立てたものである。この異常気象の寒波だけは九州も東京も同じだと、富沢警部補は妙なことに感心していた。

しかし、新幹線に乗り込むと、冬の季節という錯覚《さっかく》は遠のいた。窓外《そうがい》に見るのは、間違いなく秋の景色だった。磯貝刑事は上越《じょうえつ》新幹線に初めて乗ったせいか、真剣な目つきで窓の外に見入っている。

東京発八時四十八分の上越新幹線で、上野《うえの》と大宮《おおみや》に停車したあと熊谷《くまがや》には九時二十九分につく。東京駅から埼玉県の北部の熊谷まで、わずか四十一分の旅であった。

富沢警部補は、改めて名刺を眺めやった。森喜美子から預かってきた井出という被害者の名刺であり、女性用らしくやや小型で角が丸みを帯びている。

東西建設《とうざいけんせつ》北関東支社秘書室
井出香緒里《かおり》
埼玉県熊谷市曙町《あけぼのちょう》一ノ二〇二

名刺の活字にはそうあって、それに電話とファックスの番号が加えられていた。井出のフルネームは、井出香緒里だったのだ。井出香緒里は森喜美子に、東京に住んでいながら埼玉県に通勤していると言ったそうである。

なるほど井出香緒里の勤務先は、埼玉県の熊谷市にあるということになる。だが、東西建設といえば東日本ではトップのゼネコン、すなわち最大手の総合建設企業と聞いている。

たとえ北関東支社の勤務だろうと、東西建設の社員ならば悪くはない。また東京から埼玉県へ通勤しているにしても、新幹線なら四十一分の片道時間であった。

高崎《たかさき》線の快速でも、上野・熊谷間は五十四分しかかからない。大都会の勤め人としては、余裕のある通勤時間といえるだろう。東西建設北関東支社という勤務先に、井出香緒里は不満を抱《いだ》いていなかったと思われる。

「森喜美子の証言は、すべて真実だ。つまり彼女は今度の事件《ヤマ》に、何のかかわりもないということだよ」

富沢警部補は、唐突《とうとつ》にそんなことを口にした。

「多分そうでしょうけど、ちょっと贔屓《ひいき》のしすぎって感じですね」

磯貝刑事が、あくびを嚙《か》み殺した。

「おれは久しぶりに、深窓《しんそう》の令嬢っていうのにお目にかかって感激したね」

富沢警部補は、首をひねるようにした。

「本物のお嬢さまは、嘘をついたりしませんか」

磯貝刑事は、ニヤリとする。

「何よりも、犯罪に縁がないだろう。あのお嬢さまが井出香緒里を、殺したりするはずはない」

「何しろ、海運会社の社長令嬢ですからねえ」

「森家は世田谷区が世田谷村の時代から、代々あのあたり一帯の大地主だったんだそうだ。いまでは、あの大邸宅の敷地だけになってしまったらしいがね」

「世田谷村っていうのは、いつごろのことなんでしょうね」

「当然、明治時代だろうな」

「むかしからの大地主か」

「そういうのが本物の資産家、ほんとうの金持ち、名家ってことになるんだ。だからこそいまだって、森喜美子みたいな世にも珍しい深窓の令嬢がいるんだよ」

「大変な惚《ほ》れ込みようですね」

「近ごろの日本の若い女にしたって、全部が全部どうしようもない女ばかりじゃないんだって、おれは言いたいのさ」

「井出香緒里のほうは、どうしようもない女のうちにはいるんじゃないんですか」

「どうしてだ」

「井出香緒里は、妙なこと言っているでしょう。恋人や婚約者はいないけど、彼はいるんだって……」

「そのセリフの意味を、きみはどう解釈したんだ」

「解釈のしようは、ひとつしかありませんよ。不倫です」

「うん」

「井出香緒里の彼氏とは、妻子のいる男ってことですよ。既婚者となると、恋人って感じじゃない。結婚もできないから、婚約者にも該当《がいとう》しない。だから恋人や婚約者はいないけど、彼はいるという言い方をしたんでしょう。井出香緒里には、妻子持ちの愛人がいたってことです」

「おれの解釈も、同じだよ」

「それに井出香緒里が森喜美子との約束を、すっぽかしたってことも気になりますね。わざわざ自分のほうから電話をかけて、スペイン料理をご馳走《ちそう》するって誘ったんでしょう。それなのに井出香緒里は、待ち合わせの場所に現われなかった」

「森喜美子は東京駅の丸の内南口で一時間も待ったというから、完全なすっぽかしってことだ」

「きちんと守るべき約束を、井出香緒里はなぜ果たせなかったのか」

「約束の日時は、十月二十六日の午後五時三十分」

「それ以前に井出香緒里は、すでに殺されていたんでしょう」

「いずれにしろ、井出香緒里の勤務先ですべてが明らかになる」

「もうひとつ、どうしても頭から離れないことがあるんですがね」

「何だ」

「警部補は、記憶にありませんか」

「だから、何だと訊いているんだ」

「東西建設の北関東支社長が、東京地検特捜部に逮捕されたってことです」

「何だって……！」

「二、三日前に、報道されましたよ」

「そう言われれば、テレビのニュースで見たな。関東での事件なんで関心が薄く、詳しい新聞の記事は読まなかったけど……」

「自分は、新聞で知りました」

「確か事の起こりは、関東地方の建設業界の談合問題だったんだろう」

「北関東会という建設業界の親睦《しんぼく》団体があって、これには東京、神奈川、千葉を除いた関東地方の各県の主力とされる建設業者が、残らず加盟しているんだそうです」

「その北関東会の幹事役、世話役、まとめ役、つまり事実上のリーダーが東西建設の北関東支社長だったってことだな」

「そうなんです。しかし、北関東会は親睦団体じゃなくて、常時、談合が繰り返されている場として以前から、公取委が目をつけていたらしいんです」

「それが今回、公正取引委員会が立入り調査に踏みきり、その結果次第では東京地検に告発するという騒ぎになった。東西建設の北関東支社長は責任上、それを何としてでも阻止《そし》しなければならなかった」

「そのために、東西建設の北関東支社長は……」

「支社長の名前、なんていったけな。珍しいというか、覚えやすい名前だったんじゃないか」

「確か、赤間《あかま》という名前だったと思いますよ」

「そう、赤間支社長だ」

「赤間支社長は窮余《きゅうよ》の策として、同郷の政治家で大学の先輩でもある代議士に泣きついたんです。何度か大臣を経験していて、実力者ともいわれている代議士に、公正取引委員会への圧力を請託《せいたく》した。その謝礼として三千万円を贈った、という贈賄《ぞうわい》容疑ですよ」

「ニュースでは、まだ某代議士という言い方をしていた」

「東京地検のターゲットは、某代議士のほうなんでしょう。しかし、その前に赤間支社長の完全な自供を得て、外堀を埋めてから某代議士に出頭を求める。それでまず東京地検特捜部は赤間支社長の逮捕と、関係各所の家宅捜索を急いだんですよ」

「おれたちの行き先に、支社長は不在ってわけか」

「赤間支社長は、東京拘置所の中ですからね。だけど東西建設の北関東支社が、業務を停止していることはないでしょう」

「まあ、いいだろう。支社長には、用がないんだから……」

「そうですよ」

窓側の席にいる磯貝刑事のほうが、先に立ち上がっていた。

熊谷駅に到着することがアナウンスされ、新幹線はスピードを落としていたのだった。

「談合にも贈賄にも、関係ない。おれたちの仕事は、殺しの捜査だ」

富沢警部補も、コートの袖《そで》に腕を通した。

真っ先に井出香緒里の住所を聞いて、それを東京で待機中の二名の刑事に伝えなければならない。

次いで愛知県にあるという井出香緒里の実家の所在、香緒里は何日の何時まで勤務先にいたか、会社を通じての行動範囲と交遊関係、最近の勤務態度と訪問客や電話でのやりとりなど、知るべきことはいくらでもあった。

特に肝心《かんじん》なのは、香緒里と香山弓江との接点である。そのことに関しての聞き込みに、重きを置くことになる。富沢警部補はそんなふうに、聞込み捜査の手順を組み立てていた。

富沢と磯貝は、熊谷駅で列車を降りた。新潟まで各駅停車の新幹線『あさひ』は、すぐに走り去った。ガイドブックには、駅の北側が熊谷市の中心をなす市街地だと記されている。

だが、富沢と磯貝は逆に、駅の南側へ出た。中心地をはずれていようと、駅前はかなり近代化されている。新しい建物が、少なくなかった。

ビジネス・ホテル、ローカル線の私鉄の本社をはじめ、大小のビルが今後の発展を約束しているようであった。ガイドブックによると、南に大きな川が流れている。関東山地から発しての一級河川《かせん》で、東京の隅田川《すみだがわ》を下流とする荒川《あらかわ》であった。

その荒川の堤防までが、熊谷駅より南の市街地となっている。市街地といっても住宅地域になると、まだ空地や田園風景がだいぶ残っていた。

駅前のやや東寄りが、曙町一丁目であった。通行人に尋《たず》ねるまでもなく、東西建設の北関東支社はすぐにわかる。七階建てだが、その一帯では目立って立派なビルだからだった。

屋上には、東西建設の看板が巨大な塔を作っていた。ＴＫをデザイン化した東西建設のマークも、ゼネコンの象徴のように屋上で輝いている。そうした東西建設の北関東支社へ、富沢と磯貝は直行した。

当然のことだが、赤間支社長は不在であった。社員たちは何事もなかったように、出勤しての就業中である。落ち着きを失ってもいないし、むしろ無表情でいる社員のほうが多かった。

しかし、どこか空虚《くうきょ》さがあって、沈滞《ちんたい》ムードというものが感じられる。支社長が逮捕されたことで、社員たちの衝撃《しょうげき》は大きかったのに違いない。

その衝撃によって井出香緒里の無断欠勤など、気にかける社員はいなかったらしい。富沢たちが会った総務課長も秘書室の二人の同僚も、井出香緒里のことを持ち出されて初めてあっという顔になった。

富沢警部補は総務課長と香緒里の同僚に対して一時間にわたり質問を続けたが、それぞれに関して次のような答えを得た。

井出香緒里の住所は、東京都台東《たいとう》区池之端《いけのはた》四丁目のイズミ・マンション。上野駅に近く熊谷への通勤に便利なため、香緒里がみずから選んで三年前から住むようになった賃貸マンションである。

香緒里の親兄弟がいる実家は、愛知県豊橋市《とよはしし》駅前大通《えきまえおおどお》り三丁目『味噌蔵《みそぐら》(井)井出《いで》商店《しょうてん》』であった。

香緒里は十月二十六日の午後四時二十分に、早退するということで会社を出ている。帰宅したのかどうかは知らないが、四時三十八分発の東京行き新幹線に乗ると香緒里は言っていた。

この新幹線は東京駅に、午後五時二十分につく。丸の内南口で森喜美子と、午後五時三十分に待ち合わせるにはちょうどいい。香緒里は喜美子との約束を果たすために、会社を早退して熊谷駅に向かったのだ。

結果的に香緒里は、東京駅の丸の内南口に現われていない。だが、十月二十六日の午後四時二十分まで、香緒里の生存は確認されている。井出香緒里が殺害されたのは、十月二十六日の夕方以降のことであった。

翌二十七日の午前九時に、出勤直後の赤間支社長が東京地検特捜部によって逮捕された。同時に社内の捜索と関係書類の押収《おうしゅう》が行なわれ、社員は大いに混乱した。

それで井出香緒里の無断欠勤を、問題にする人間はひとりもいなかった。二十八日、二十九日は土曜と日曜なので、会社が休みとなる。

そして今日、富沢の指摘を受けて初めて、総務課長も同僚も香緒里の無断欠勤に注目したのであった。

香緒里の恋人とか特定のボーイフレンドとか、深い関係にある男の話はほとんど知らされていない。ただ香緒里の色っぽさから察して、肉体的に結ばれている男の存在は感じられた。

香山弓江という女の名前を、香緒里の口から聞いたことは一度もない。また、香山弓江という女からの電話連絡も、同僚たちは耳にした記憶がなかった。

最後に死者の顔写真を見て、総務課長と二人の同僚は井出香緒里に間違いないことを認めた。総務課長は頭を抱え込み、二人の同僚は泣き出していた。

5

被疑者と刑事被告人の未決囚を収容する施設を、拘置所と称している。

しかし、この拘置所というのは、全国各県にあるものではない。犯罪の発生率が低いところでは、拘置所など無用の長物《ちょうぶつ》ということになる。そんな無用の長物のために、莫大《ばくだい》な予算は投入できないという国の台所事情があるのかもしれない。

したがって拘置所は、東京をはじめ大都市に集中している。それも、少数に限られていた。ほかに、拘置支所というのがある。また、拘置監という一区画を、設けている刑務所もあった。

一般に被疑者が身柄を検察庁へ送られても、拘置所がなければ収容先がない。そこで多くは警察の留置場が、代用として使われる。検事の取調べが終わると、被疑者は警察の留置場へ戻ってくるのだ。

起訴《きそ》されたところで、警察の留置場から刑務所内の拘置監などへ移される。

佐賀県はもともと犯罪が少ない地域で、拘置所という施設もなかった。刑務所にしても同様で、佐賀市に佐賀少年刑務所があるだけだった。重罪ではなくて、刑期もそれほど長くなく服役《ふくえき》する刑務所であった。

香山弓江は公務執行妨害と傷害の被疑者として、まず勾留《こうりゅう》されることになる。公務執行妨害だけなら、保釈されることもあり得る。だが、傷害罪となるとそうはいかない。いくら過失傷害にしろ、逃亡しようとして警察官を車ではねたのだ。検事は、勾留の必要ありと断を下すだろう。検事は裁判所に、香山弓江の勾留を請求する。

検事は、どうして警察官を車ではねてまで逃げようとしたのかと、その理由を明らかにすることを香山弓江に迫る。それに香山弓江が応じなければ、検事勾留の期間は最長の十日間にもなるだろう。

それに死体遺棄の容疑も加わるから、勾留期間はさらに延長される可能性が強い。拘置所がないとなると、その間を香山弓江は警察の留置場で過ごさなければならない。

しかし、警察の留置場にしても、多くの房があってガラガラというわけではない。まして、香山弓江は女であった。そのうえ、いまでこそ普通の女だが過去にはスター歌手という経歴があるとなれば、いろいろと問題が起きるかもしれない。

では、佐賀少年刑務所の拘置監に収容すればいいかというと、これも容易なことではない。女子刑務所ではないので、婦人刑務官もいなかった。

そこに香山弓江を拘置すれば、何かと気遣《きづか》いが必要となる。食事にしてもすべて、外部から搬入《はんにゅう》しなければならない。あれこれと、煩雑《はんざつ》だった。

もっとも、こうしたことは水木警部補あたりが心配したところで、力が及ぶ事柄ではなかった。香山弓江を佐賀少年刑務所に拘置するか、それとも警察の留置場を代用監獄《かんごく》にするか、この決定は裁判官が下すことになっているのである。

佐賀県有田署の捜査本部に、遺棄死体の身元が割れたという第一報がはいったのは、十月三十日の午前十時であった。埼玉県の熊谷から、磯貝刑事が電話で報告してきたのだ。

その後も電話とファックスで、情報が続々と送られてくる。正午になると、香山弓江の身辺捜査を受け持つ副島《そえじま》班からも、電話がかかり始めた。

有田署刑事課の副島警部補を責任者とする四名の捜査員は、香山弓江の日常生活や交遊関係に限らず、過去に遡《さかのぼ》っての人生経歴の洗い出しにも全力を尽《つ》くしている。ただし、この捜査行動は佐賀県警の刑事が、単独で遂行《すいこう》できることではなかった。

警視庁の各所轄《しょかつ》署の力を、借りなければならない。佐賀県警本部は改めて、警視庁に協力を要請した。警視庁からは最初に、香山弓江に犯罪歴や逮捕歴はもちろん、交通違反の記録もないという連絡があった。

以後の副島班からの報告は、次第に具体性を増している。それと競い合うように、富沢班からも新事実が続報として届く。それらを整理して重要資料にまとめ上げるのは、水木警部補の役目だった。

午後四時には香山弓江が、有田署の捜査本部に現われることになっている。任意の事情聴取に応じた形をとることになるが、香山弓江は鳥栖署から護送されてくるのである。

事情聴取とその後の取調べは、水木警部補に一任されることが決まっていた。取調官の人選は、無用なのであった。落としの達人とされる水木警部補が取調官に任ぜられることは、初めから暗黙《あんもく》のうちに諒解《りょうかい》事項となっているのだ。

水木警部補はいつものことだが、取調べの補助官に御子柴刑事を指名した。御子柴刑事は電話連絡の内容を文章にして、ファックスとともに順番立てて整理する。

水木警部補はそれらの情報を熟読《じゅくどく》し、分析したうえで記憶する。香山弓江が犯行を否認した場合、どのように対処するかを考える。いわば、作戦を練るのであった。

水木警部補と御子柴刑事は、静かだが熱っぽく作業を続ける。

捜査本部は、閑散《かんさん》としていた。捜査員の大半が、出払っているのだ。七十名ほどの捜査員が聞込み捜査と、香山弓江が隠したはずのスコップの捜索に、有田町一帯へ散っている。

捜査本部に残っているのは、首脳部と遊軍の刑事たちであった。時間の経過だけを、妙に意識するときである。人の動きがあわただしくないのも、嵐の前の静寂《せいじゃく》を思わせる。

首脳部や遊軍の刑事は黙って、電話機とファックスを見守っていた。

「水木さん、ちょっといいですか」

水木警部補の頭のうえから、ひそめた声が降ってきた。

「はい」

水木は、顔を上げた。

笠原《かさはら》部長刑事が、水木を見おろした。

笠原は水木と同じ、県警本部捜査一課の強行犯捜査二係に所属している。いちおう部下といえなくもないが、水木はこの五十歳のベテラン部長刑事を尊敬していた。

「水木さんに、私用の電話連絡があったんですがね」

笠原部長刑事の顔には、少しの笑いもなかった。

「どこからです」

悪い予感というべきか、水木は何となくいやな気持ちにさせられた。

「福岡の九州医大病院からです。伝言を、聞いておきました。二時間ほど前、救急車で入院した石丸《いしまる》サト子《こ》さんが危険な状態にあり、しきりと水木さんに会いたがっている。以上です」

笠原部長刑事は、水木の顔色を窺《うかが》うような目つきでいた。

笠原は、石丸サト子が何者であるかを知っているのだ。水木のほうから笠原部長刑事に、自分にとって石丸サト子がどういう女かを打ち明けたことがあったのである。

「えっ……！」

大きな声を出すまいとして、水木警部補は手で口を押えた。

「病名は、感染性心内膜炎《しんないまくえん》ということでした。失神状態で入院して、症状は悪化している

「そうです」

笠原部長刑事は、水木警部補の肩に手を置いた。

「サト子さんがつまり、生命に別状ありってことですか」

水木は十数秒間、放心状態に陥《おちい》っていた。

石丸サト子は、水木の母親の弟の娘であった。つまり母方の叔父《おじ》の娘で、水木の従妹《いとこ》ということになる。水木は青年時代に、その従妹のサト子と大恋愛をした。

プラトニックな関係だっただけ、両者の純粋な恋心は熱烈であった。水木とサト子は、何が何でも結婚する気でいた。周囲の反対を押しきって、二人は家を飛び出す計画まで立てた。

だが、水木とサト子の一途《いちず》な恋情は、ついに実を結ばなかった。ともに長男と長女、ひとり息子とひとり娘ということが、越えられない壁となった。双方の両親が、頑《がん》として許さなかったのである。

心労が原因で半病人になった母親が、サト子のことは諦《あきら》めてくれと手を合わせる。そうなっては、水木も逆《さか》らえない。水木は熊本の私大で寮生活を送り、夏休みも年末年始も佐賀へ帰らないようにした。

大学を卒業して、水木は佐賀県警に奉職する。水木はひたすら、剣道と柔道の稽古《けいこ》に打ち込んだ。間もなく水木とサト子は話し合いの時間を持って、男と女を抜きにした従兄妹《いとこ》同士でいることを約束した。

やがてサト子は、婿《むこ》を迎えて福岡市へ移り住んだ。数年後に、水木も結婚した。いずれの結婚式にも、二人は互いに身内として出席した。

その後も親戚一同が集まる機会があれば、水木とサト子は顔を合わせることになる。子どもが生まれたことを祝って、自宅を訪れたこともあった。

歳月が流れて、いつの間にか水木は四十五歳になっていた。二つ違いのサト子も、もう四十三歳のはずである。二人の恋は、遠いむかしの思い出に変わっている。

しかし、散ってしまった花だろうと、咲いているときへの懐かしさまで消えてはいない。失われた恋には立体感こそないが、平面図としていつまでも心に描かれているものだった。

いま感染性心内膜炎で病院へ運ばれたサト子が、危険な状態にあってしきりと水木に会いたがっているというのも、その心に刻まれた平面図のせいに違いない。サト子がいまだに水木への未練を、捨てきれていないことの証拠かもしれない。

水木には自分を呼ぶサト子の声が、聞こえるような気がする。現在のサト子ではなく、二十数年前の彼女の声であった。水木の頭の中が、真っ白になる。

すぐにでも病院へ駆けつけて、サト子の言葉を直接耳にしたり、思い出話を聞かせて慰《なぐさ》めたりしたいと思う。だが、それは許されない。これから水木警部補ならではの仕事が、始まろうとしているのだった。

「このままで、いいんですかね。後悔するようなことになっては、今後の捜査に響きますよ」

水木の耳もとで、笠原部長刑事が囁《ささや》いた。

「私情より、公務が優先するんでね」

水木警部補は、表情のない顔で答えた。

「そうですか。じゃあ……」

笠原部長刑事は、去っていった。

どうしてこんなときにと、水木警部補は誰にもぶつけようのない怒りを覚えていた。水木とサト子のあいだに割り込む運命は、どこまで意地が悪いのか。

それとも、水木を捜査本部に釘《くぎ》づけにするような爆弾を投げ込んだ香山弓江を、憎悪すべきなのだろうか。いや、一刻も早くサト子を見舞うためには、落としの達人の手腕《しゅわん》に頼るしかないと、水木警部補は資料を初めから読み直すことにした。

午後四時――。

鳥栖署から護送されて来た香山弓江が、有田署の捜査本部に到着した。

単なる参考人として事情聴取を行なうのであれば、取調室は使わなかった。捜査本部の片隅に席を設けて、そこで参考事情を聴取することになる。

しかし、香山弓江は重要参考人であり、すでに別の事件で逮捕されている被疑者でもあった。場所はどこでも構わない、ということにはならなかった。

有田署に、多くの取調室はない。水木は取調室に、神経質である。一種の職人気質《かたぎ》というものか、水木は取調室の雰囲気を重視する。そうしたこともあって、水木は各取調室の下見をすませていた。

その結果に基《もと》づいて、水木は第二取調室を指定した。ほかの取調室と、どこも変わっていない。見た目には、まったく同じであった。だが、水木にはこの取調室ならイケるという直感が、働くのだった。

取調室は、有田署の二階の奥の廊下に面して並んでいる。一定の規格に従っているので、取調室の造りと広さはどれもそっくりそのままである。

面積は約九・九平方メートル、長方形の六畳《じょう》間《ま》であった。ドアからはいると、正面の突き当たりが窓になっている。窓には、脱走と自殺防止の鉄格子《てつごうし》が取り付けられていた。

窓の手前に、机が置かれている。

机を挟《はさ》んで椅子が二つあり、被疑者は窓に背を向けてすわる。それと相対する椅子は、取調官の席だった。入口の近くにも壁と向かい合いの机と椅子が据《す》えられているが、それらは補助官が使用する。

今回は、被疑者の斜め後ろにもうひとつ、椅子が用意されていた。その椅子には、香山弓江に付き添う婦人警官が腰をおろすことになっている。

「行くぞ」

水木警部補が、御子柴刑事に声をかけた。

長身の水木警部補が、大股《おおまた》に歩き出す。御子柴刑事が、資料を抱えてそのあとを追う。

二人は無言で、第二取調室へ直行した。

第三章　接続しない関係

1

水木警部補は、香山弓江と向かい合って腰をおろした。

取調室の入口に近い補助官の席には、御子柴刑事が尻を据《す》えた。窓を背にした椅子《いす》に、若い婦人警官が緊張した面持《おもも》ちですわっている。取調室は殺風景だが、簡素すぎるせいか圧迫感を覚えさせない。

水木と香山弓江のあいだの机には、何ひとつ置かれていなかった。香山弓江がタバコを吸わないとなれば、灰皿も必要としない。ドラマで見る取調室のように、電気スタンドなども取り付けてはないのだ。

照明は、天井の電気が明るい。水木警部補はノート一冊、ペンの一本も机のうえに置かなかった。事件に関する知識のすべては、水木の記憶に整理して刻み込まれている。参考となる資料は、御子柴刑事の机のうえに積まれていた。

「佐賀県警捜査一課の水木ですが、しばらく香山さんとはわたしがお付き合いさせてもらいます。あそこにいるのは、補助を受け持つ御子柴刑事です」

水木警部補は、チラッと笑うような顔をした。

「香山です」

香山弓江は、会釈《えしゃく》をした。

水木は香山弓江を、じっと見つめずにはいられなかった。三十二歳というのが、嘘《うそ》のようであった。二十五歳で、十分通る。十六歳というのは無理だが、十五、六年前のあどけない美少女の面影が、やや変化しつつもどこかに残っている。

あるいは水木のように捜し求めることで、むかしの美少女歌手の残像が認められるのかもしれない。いまでは香川弓子という芸名とともに、香山弓江の顔を知る人間はほとんどいないのだ。

だが、水木は記憶している。かつてテレビの画面にクローズアップされた歌手の顔が、目の前にいる香山弓江と完全に重なるのだった。演歌『縁切り』のメロディと香川弓子の歌声が、遠くから聞こえてくるように水木の耳の奥に甦《よみがえ》る。

「懐かしいですねえ」

しみじみとした口調で言って、水木は首をかしげるようにした。

香山弓江は、黙っている。

「香川弓子の〝縁切り〟ですよ。驚異的なヒット曲だったし、あなたがパッと消えてしまったことで余計あとを引くんですね。わたしなんか十六年前から現在まで、ずっと〝縁切り〟のファンでいるんですよ」

水木は目を、しばたたいた。

流行歌は、そのものだけが懐かしいのではない。人間にとって同時代のわが人生までが懐かしくなり、若かったころへの郷愁までも甘酸《あまず》っぱく湧《わ》き上《あ》がらせるのだ。

水木の半生は『縁切り』の伴奏で、費《つい》やされたような気がする。そのせいか、『縁切り』がすべての思い出に結びつくように錯覚《さっかく》してしまう。

そうした思い出の中には、従妹《いとこ》のサト子との恋愛も含まれている。それで水木は耳の奥で『縁切り』のメロディを聞きながら、ふと緊急入院した石丸サト子のことを考えていた。

「それは、どうも……」

香山弓江の声にも、いまだに澄んだ甘さが残っている。

香山弓江は手錠《てじょう》をはめていないし、腰縄《こしなわ》も打たれてなかった。バッグなどの所持品は、いっさい携行《けいこう》していない。顔に化粧っ気はないが、ボブ・スタイルという髪に乱れはなかった。

ワインカラーのブラウスに、黒いスーツを着ている。同じ黒のコートを婦人警官が預かって、膝《ひざ》のうえに置いていた。もちろん、サングラスははずしている。

「こんな形でというのは不本意ですが、あなたと直接こうして会えるなんて夢にも思いませんでしたよ」

水木は机のうえで、両手の指を組み合わせた。

「みんな、むかしのことです」

香山弓江は、目を伏せたままでいる。

香山弓江は、生ける屍《しかばね》という印象を強く与える。そこが、『縁切り』を歌う美少女歌手とは、まるで違うところである。肉体の外見は別人のようになっていないが、十五、六年前の香山弓江の心は化石になっているという気がする。

香山弓江は、無表情であった。考えていることが、さっぱり読めなかった。何を言っても、反応を示さない。感情と目が、死んでいるように感じられる。

それらは香山弓江の不幸な過去を、物語っているのに違いない。犯罪者になったとたんに、人間が一変するということはなかった。一夜の花火のように芸能界を引退して、人目につかない闇《やみ》の中へ消えたあとの人生に、香山弓江の不幸の陥穽《かんせい》が待ち受けていたのではないか。

「寒波《かんぱ》のせいにしろ、寒すぎるんじゃないか。暖房、はいっているんだろうな」

石丸サト子への思いを振り切るように、水木警部補は取調室の中を見回した。

「これは、取調べなんでしょうか」

香山弓江が初めて、水木をまともに見やった。

「いや、いまのところは事情聴取の段階です。あなたには、有田の泉山磁石場での死体遺《い》棄《き》事件の重要参考人として、ここへ来てもらったんですよ」

水木は時計に目を落として、四時二十分という時間を確認した。

「それは、承知しております。鳥栖の警察でそう言われて、任意同行に応じたんですから……」

香山弓江は能面でもかぶっているように、表情を動かさなかった。

「でしたらひとつ、事情聴取に正直に答えてください」

水木警部補は、笑いを浮かべた。

「重要参考人って、どういう意味なんです。ただの参考人とは、違うんですか」

「読んで、字のごとしですよ。事件の重要なカギを握る参考人ってことで、一般の参考人とは違います」

「事件の重要なカギを握っているんでしたら、犯人と変わりませんわね」

「そう。被疑者かもしれない参考人を、重要参考人とも言いますね」

「でしたら、これは取調べなんでしょ。どうして重要参考人なんかじゃなくて、犯人だとはっきり言わないんです」

「まだ被疑者であると、断定できる証拠が見つかっていないからです」

「証拠が見つかったら、重要参考人を被疑者に切り替えるんですね」

「それは、当然でしょう。事情聴取も、本格的な取調べに変わります」

「ですけど証拠なんて、見つからないと思いますけど……」

「さあ、どうですかね。とにかくいまのあなたは、わたしの質問に答えてくれればいいんです」

「どんな事件の重要参考人、ということでしたっけ」

「死体遺棄事件です」

「わたくしが、泉山磁石場に死体を捨てたって、疑っていらっしゃるんですね」

「まあね」

「東京からわざわざ九州まで、死体を車で運んでくる人間なんています？　そんなの、ずいぶん無駄《むだ》なことだし、まるで無意味だと思うんです。東京からそれほど遠くないところに、死体を捨てる場所でしたらいくらでもありますもの」

「それがですねえ、そういう犯罪者ってのが実に多いんです」

「大勢、いるってことですか」

「去年でしたか、世間を騒がした事件がありましたね。殺した死体を横浜港《よこはまこう》まで運んで、重石《おもし》をつけて海中に沈めたんです。この被疑者は茨城県に住んでいて、犯行現場《げんじょう》も茨城県だったんですよ」

「なぜ死体をわざわざ横浜まで、運んだのかっていうんですか」

「茨城県だったら、近くに山林だって野原だってあるでしょう。そういうところに穴を掘って死体を埋めれば、はるかに完璧《かんぺき》だったはずです。それをわざわざ横浜まで運んで海に沈めたために、死体の発見も事件の発覚も早まるという結果になった」

「労多くして功少なしって、おっしゃりたいんですね」

「こんなふうに常識はずれというか、不合理というか、矛盾《むじゅん》というか、一般人には理解できないような無意味な行動に出ることが、犯罪者には少なくありませんね」

「どうしてでしょうか」

「やっぱり犯罪者心理というものが、作用しているんだと思いますよ。死体は自分の生活区域から、できるだけ遠くへ運んだほうが安全だという心理とかね」

「そうなんですか」

「うんと遠いところに死体を遺棄することで、アリバイの偽装工作をしようとする場合もあります」

「それは、推理小説のトリックにありました」

「それから、遠く離れているうえに自分がよく知っている場所へ、死体を運ぶというのもよくある例です。これは死体の捨て場所に困っているときに、あそこなら遠いしよく知っているからという安易な考えが、犯罪者の頭にひらめくようですよ。つまり、思いつきやすいってことでしょう」

「その例がわたくしには、当てはまるっておっしゃるんですか」

「そう。佐賀の有田町は、東京から遠く離れている。その有田町は、あなたのいわば故郷でしょう。あなたは、有田町で生まれ育った。有田町には詳《くわ》しくて、土地鑑《とちかん》がある。もちろん泉山磁石場というのも、あなたはよく知っている」

「そのために死体の捨て場所に困ったわたくしは、遠く離れた九州の佐賀県にあって隅々《すみずみ》まで知り尽くしている有田町を、安易に思いついたってことになるんでしょうか」

「そうだとしたら、あなたが死体遺棄を目的に東京から車でわざわざやってきたことも、決して無駄や無意味じゃありませんよ」

「ところが残念なことに、わたくしは死体の捨て場に困ったりする人間じゃありませんの」

「すると、あなたは何を目的に東京から延々《えんえん》、佐賀の有田町まで赤いメルセデスＣ２００を走らせてきたんですか」

「刑事さん、いまおっしゃったでしょ。有田町は、わたくしの故郷だって……。東京に住んでいる人間が、佐賀県の故郷を訪れるっていうのは、怪《あや》しまれるほど不自然なことなんですか」

「その故郷の有田町に、どんな用があったんです」

「あら、生まれ故郷っていうのは用事がなければ、帰ってきてはいけないところなんですの」

「別に用はなかったし、目的もないってことなんですね」

「それこそ、思いつきでしたわ。もう十年も有田の土を踏んでないって、ふと考えついたんです。そうしたら急に佐賀県が懐かしくなって、有田町が恋しくなって、いまから行こうかしらって衝動的《しょうどうてき》にその気になってしまったんです。そういうことって、よくありますでしょ」

「ありますね」

「ただし、有田町には身内とか縁者とかいえる人間は、ひとりもおりません。むかしの友だちや知り合いにも、顔を見られたくないでしょ」

「それは、どうしてなんです」

「わたくし、歌手だったときの話をされるのが、何よりも嫌いなんです。香川弓子は、引退と同時に死んだんですから……。それなのに、これがあのときのスター歌手の成《な》れの果《は》てかっていうような目で見られるのが、わたくしには見世物《みせもの》にされたみたいで苦痛に感じられます」

「わかるような気がします」

「ですから、わたくしには有田で会う人もいません。要するに、用事も目的も何もなくて、有田へ来たってことなんですわ」

「飛行機をなぜ、利用しなかったんですか。飛行機が駄目なら、せめて新幹線とか……」

「なるたけ人目につきたくありませんし、わたくし車を運転しての独り旅に慣れているんです。それに帰りに岡山県の津山《つやま》市に、寄るつもりでしたから……」

「津山市ですか」

「津山市に母の姪《めい》夫婦が住んでいて、年賀状のやりとりだけはしているんです。たったひとりの身内だし、その従姉《いとこ》だけには一度会ってみたいと思っていたんです。それでこのチャンスにと、帰りに津山市に寄ることを予定していました」

「有田町へ行く用も目的もなく、それほど急ぐ必要もなかった。それにしてはかなり無理をして、東京から佐賀県の有田まで直行していますね。途中、観光地か温泉に寄っても、よかったんじゃないんですか」

「独り旅の女は、なおさら寂しくなるでしょ。それに商売の都合上、何日も休んではいられないんです」

「有田にだって、夜明け前についているでしょう。闇に包まれた故郷を眺《なが》めたんじゃあ、わざわざ東京から車を飛ばしてきた甲斐《かい》がないと思いますがね」

「有田の地を踏むだけで、わたくしは満足でした」

「もっとも有田町といっても、あなたは泉山磁石場にしか車を乗り入れていない。あなたは有田町へ来たんじゃなくて、有田の泉山磁石場へ来たってことになりますね」

「そのとおりです。わたくしは初めから、泉山磁石場を目ざしていましたわ。泉山磁石場には、小・中学時代の思い出がたくさんあります。有田町でも泉山磁石場が、いちばん懐かしいところです。思い出の中ではわたくしにとって、泉山磁石場が有田町のすべてだっていえるかもしれません。ですから、あの泉山磁石場の白い大地を踏んで、白っぽい崖《がけ》や絶壁《ぜっぺき》を眺めれば、帰郷したという実感にわたくしは満たされるんですわ」

香山弓江の説明には、まったく澱《よど》みがなかった。

それも完璧な弁解の連続であって、水木警部補に付け入る隙《すき》を与えない。そういう話は後回しにして、一気に核心をつくべきだと水木は思った。

「井出香緒里さんとは、どういう関係なんですか」

水木は突如《とつじょ》、質問を一変させた。

「イデ……？」

香山弓江は驚いたように顔を上げた。

「教えることもないでしょうが井戸の井、出口の出、香山の香、羽織《はおり》の緒《お》の緒、山里の里と書いて井出香緒里です。年齢二十七歳、住所は東京で台東区池之端四丁目のマンション。あなたとこの井出香緒里との関係を、正直に言ってください」

水木は顔つきを、やや厳しくしていた。

「どなたなんです」

香山弓江の眼光が、鋭さを増して静止した。

「下手《へた》にとぼけると、不利になりますよ。井出香緒里は、あなたが泉山磁石場に埋めた死体に、決まっているじゃないですか」

水木は左目尻の大きなホクロを、指の先で撫《な》で回した。

「井出香緒里さんという知り合いはおりませんので、どうぞ東京のわたくしの関係者にお尋《たず》ねください。見たことも、聞いたこともありません」

香山弓江は、まるで動じることがなかった。

2

水木警部補の予測は、ことごとく狂ったようである。射かけた矢がすべて、的《まと》とは逆の方向へ飛んでいったような気分だった。水木警部補が想像していた香山弓江とは、正反対の女と言ってもよかった。

水木にはどうしても、『縁切り』を歌う香川弓子のイメージが強く残っている。そのために水木の頭の中には、純粋で無口で気どりもなく、どこか弱々しい香山弓江の幻影ができ上がっていたのだ。

しかし、実物は違っている。水木警部補のイメージは、完全に狂ってしまった。見たところは間違いなく香山弓江だが、中身は別人である。

ああ言えばこう言うで、口が達者であった。そのうえ、よく喋《しゃべ》る。水木よりも、口数が多い。しかも弁が立つというか、表現が巧《たく》みであって矛盾したことは言わない。

度胸もすわっている。顔色ひとつ変えないし、どんな質問にも疑わしさを感じさせる反応は示さない。落ち着き払っていて、ビクビクするようなことはなかった。

事件には無関係だ、という自信を見せつける。まさしく香山弓江は、したたかな女というタイプである。特に香山弓江を、見くびったということはない。だが、水木の思い出や感慨《かんがい》が、彼女を甘いオブラートに包んでいたことは確かだった。

香山弓江が述べることは、どれもこれも弁解になっている。ところが、それらが残らず妥当《だとう》であって、質問する側に反論の余地を与えないのだ。

まだ香川弓子の顔を覚えているファンもいるため、なるたけ人目につかないようにと飛行機や新幹線を避けた。

むかしの知人と出会わないように、夜明け前の有田を訪れた。

泉山磁石場に立てば、それは有田全体を眺めたも同様で、帰郷したという実感を味わえる。

このような答えは、いかにも言い訳じみている。言い逃れ、詭弁《きべん》とも受け取れる。しかし、馬鹿なと一笑《いっしょう》に付《ふ》すほど、筋の通らない話ではない。

なるほど、そういうこともあるだろうと思いたくなる。そんなことはあり得ないと、真っ向から否定できるような説明ではなかった。曖昧《あいまい》なところが、少しもない。

それに態度が堂々としていて、臆《おく》するところもなかった。それでなおさら、香山弓江の主張は真実味を帯びてくる。香山弓江はいまのところ、いささかのボロも出していなかった。

香山弓江は予想していたより、はるかに大敵である。取調べは、難航するかもしれない。褌《ふんどし》をしめてかからなければならないと、水木警部補は腕を組んだ。

「井出香緒里なんて、見たことも聞いたこともない。縁もゆかりもないし、まったく無関係な人間だ」

水木は顎《あご》を引いて、上目遣《うわめづか》いに香山弓江を見た。

「そのとおりですわ」

いままでと違って、香山弓江の声は明るかった。

「何の関係もない人間の死体をどうして佐賀県まで運んできて、有田町の泉山磁石場に遺棄したりするんですかね」

すごみを利《き》かせたわけではなく、水木警部補は声を低くしていた。

「何の関係もない人間の死体を、わざわざ運んだり捨てたりする者がいるのか、こちらから伺《うかが》いたいですね」

香山弓江は、口もとに笑いを漂《ただよ》わせている。

水木は内心、ハッとしていた。香山弓江が笑った、弓江が初めて笑った。弓江に、変化が生じたのである。突然、弓江の声が明るくなった。そのうえ、初めて笑ったのであった。

この突然変異は、いったい何を意味するのか。何が、弓江を変えたのか。その点を、水木は考える。だが、青空に星を捜し求めるようなもので、見えてくるものはどこにもなかった。

「あなたは、泉山磁石場の死体遺棄現場にいたんですよ」

水木はまたしても、左目尻のホクロを指先で押すようにした。

「それは、認めます。さっきから正直に、申し上げているでしょ」

これも初めてのことだが、テーブルのうえに弓江は右手を置いた。

「坂田修一さんという目撃者もいることですし、これは否定できませんね」

色が白くて指も細いと、水木は弓江の綺麗《きれい》な手に目をやった。

「鳥栖署で、目撃者がいるって言われました。わたくしも当然、泉山磁石場でライトをつけた車とすれ違ったことを、知っていますけどね」

「目撃者は、自分の車が近づいていくと赤いベンツがあわてて逃げ出すように、スピードを上げてこっちへ向かってきたと言っています」

「あわてて逃げ出すように見えたのは、坂田さんという人の主観によるんじゃないでしょうか」

「赤いベンツの中には、運転するボブという髪型の女ひとりしか乗っていなかった。これも、目撃者の証言です」

「事実、そうでした」

「赤いベンツが走り去ったあと、坂田さんは車を動かした。赤いベンツが停まっていた地点まで、坂田さんは車を走らせた。すると崖の下に盛られた残土に、何かを埋めたらしい痕跡《こんせき》が認められた。半分ほど掘り返したところで坂田さんは死体が埋められていると気づき、この有田署に通報した」

「わたくしはベンツを停めたところで、車を降りて立っていただけです。三方の闇の中にそそり立つ岩山や断崖を眺めながら、回想に耽《ふけ》ったり泉山の懐かしい匂《にお》いを嗅《か》いだりしていました」

「だったら、埋められた死体は……？」

「知りっこないでしょう」

「少なくとも赤いベンツが走り去ったあとで、埋められた死体でないことは確かでしょうな」

「でしたら、わたくしが泉山に行きつく以前から、死体は埋められていたんじゃないんですか」

「死体が埋められた場所のすぐ近くに、偶然にもあなたは赤いベンツを停めた」

「そういうことになりますわ」

「偶然ですか」

「あり得ないどころか、いくらあっても不思議じゃない偶然だと、わたくしは思いますけど……」

「そして、あなたが不自然な盛り土に気がつかなかったのも、偶然ということになるんですか」

「世の中には同じことにも、気づく人と気づかない人がいるんじゃないでしょうか」

「坂田さんは前日の午後三時ごろ、あなたが赤いベンツを停めた場所にいたんですよ。そこで、財布を落としたんです。そのために坂田さんは翌朝、まだ暗いうちに泉山磁石場へ出向きましてね」

「そうだったんですの」

「坂田さんは、あなたの車のタイヤ痕が残っているあたりで、財布を見つけたそうですよ」

「坂田さんが財布を落とした場所と、わたくしが車を停めた場所とが一致した。現実にはちゃんと、そういった偶然もあるじゃありませんか」

「坂田さんが前日の午後三時ごろ、磁石場のあのあたりにいたとき、不自然な盛り土などなかったそうです」

「見落としたんでは……」

「いや、掘ったり埋めたりした新しい土の痕跡があれば、絶対に見逃さないと坂田さんは断言しています」

「人間が絶対と言いきれることなんて、この世にはないと思います」

「坂田さんはまだ暗かったのに、不自然な盛り土を見つけました。その同じ不自然な盛り土が太陽のもとにあって、どうして坂田さんは気づかなかったんですかね」

「あたりが闇に包まれていても、車のライトに照らし出されればむしろ昼間よりも、変わったものがスポットライトを浴びたように、はっきりと浮かび上がります。そのために漫《まん》然《ぜん》と明るい昼間には気づかなかった盛り土が、車のライトという限られた照明の範囲の中で、いやでも坂田さんの目に映じたんでしょうね」

「お言葉ですがね、香山さん。坂田さんは初めてあなたの車に気づいたとき、ヘッドライトは盛り土の場所を照らす方角へ向けられていた、とも証言しているんですよ。あなたも同じように車のライトで照らしていながら、限られた照明の範囲にはっきりと浮かび上がる盛り土に、まったく目がいかなかったんでしょうか」

「わたくしは断崖や奇岩のシルエットばかりを、振り仰《ふあお》いだり見回したりしていました。つまり地面なんかには、目もくれなかったということですわ」

「いずれにしても前日の午後三時までは、死体は埋められてなかったというのが捜査本部の判断です」

「でしたら、それ以降に埋められたんでしょうね」

「午後五時まではショベルカーなんかが動き回り、トラックも磁石場に出入りしてましたよ」

「もちろん少しでも明るいうちは、死体を埋めることなんてできっこありません。当たり前なことですけど、夜になってからだと思います」

「前夜に死体が埋められた場所のすぐ近くに、数時間後の夜明け前にあなたが現われた。これも、偶然ですか」

「当然、偶然だってことになります」

「しかし、何もかも偶然で片付けられてしまっては、事情聴取にもその答えにもならんですよ」

「わたくしは、真実のみを申し上げています」

「だから、それを真実だと証明しなければならない」

「肝心《かんじん》なことを、お伺いします」

「どうぞ」

「坂田さんは、わたくしが死体を埋めているところを見たって、証言なさったんでしょうか」

「いや、坂田さんはそこまで見たとは、言っておりません」

「でしたら、わたくしが地面を掘っているところは……？」

「坂田さんは、見ていません」

「わたくしが車から、死体らしきものを運び出すところは……？」

「見ていません」

「わたくしが、掘った穴に土を投げ入れているところは……？」

「見ていません」

「では坂田さんは、いったい何を目撃したんですか」

「磁石場の反対側の断崖の下に停まって、尻をこっちに向けていた車がいきなり百八十度の方向転換をしたこと。ライトを坂田さんのほうへ放って、車が急発進したこと。一瞬にしてすれ違った車は赤いベンツ、右ハンドル、品川ナンバー、乗車しているのはドライバーだけ、それはボブという髪型でサングラスをしている女。坂田さんが目撃したのは、以上のことです」

「そうなると坂田さんは、磁石場を引き揚げるときのわたくしを、見かけたのにすぎませんね」

「まあ、そうでしょうね」

「坂田さんは、犯罪が行なわれているのを目撃したわけじゃないでしょう。ただ赤いベンツを運転する女が、磁石場を去っていくのを見ただけじゃありませんか」

「それは、違いますね。死体が遺棄された現場から立ち去ったとなれば、それはもう立派な重要参考人ですよ。坂田さんという目撃者によって、あなたが重要参考人として浮かび上がったんですからね」

「たとえそうであっても、わたくしには犯罪者たる証拠もないし、完璧な目撃者もいないってことでしょう」

「だから、あなたは重要参考人であって、まだ被疑者にはなっていない」

「被疑者になんて、どうしてなりますの。わたくし、気は確かです。何かの薬の中毒にも、なってはおりません。そのわたくしが見たことも聞いたこともない人間の死体を、運んだり埋めたりするはずがないってことを、真っ先にお考えください」

弓江は、頭を下げた。

「あなたと井出香緒里が完全に無縁の関係にあるということが証明されれば、そうせざる水木警部補は窓の鉄格子《てつごうし》越しに、夜景に変わった遠い山々の稜線《りようせん》を見た。

「必ず、証明されます」

香山弓江には、気持ちの余裕が感じられた。

「ところで、あなたの車の後部座席に和服の衣裳《いしよう》ケースが八箱と、大きな風呂敷《ふろしき》が積んでありましたが、あれらはどうして運んでくる必要があったんですか」

水木は弓江が、言葉に詰まることを期待した。

「津山市の従姉に、プレゼントするつもりでした。買ったばかりのものじゃありませんけど、一、二度着ただけでどれも上等といえる着物と羽織です。津山の従姉は、和服好みと聞きましたので……」

間髪《かんはつ》を入れずに、弓江はすらすらと答えた。

「もうひとつ、あなたの車のトランクルームから、石英質《せきえい》の長石《ちようせき》を主成分とする白磁鉱《はくじこう》の陶石の粉末をまじえた土、つまり泉山磁石場と同質の土が採取されているんですがね。これは、どうしてなんでしょう。あなたの車のタイヤの溝《みぞ》からも、同質の土が採取されましたが、これは当たり前といえますな。しかし、トランクルームの中まで、自然に土がはいり込むってことは……」

水木は、首をひねって見せた。

「わたくしが、泉山のあの場所の土をひとつかみ、車のトランクに投げ込みました。記念にとか思い出の印にとか深い考えはなくて、もう二度とこないだろう泉山の土を何となく持ち帰りたくなったんです。わたくしの故郷の土として……」

やはり香山弓江は、答えに窮《きゅう》することがなかった。

「ご苦労さまでした。今日はここまでにして、明日またよろしくお願いします」

水木警部補は、いきなり立ち上がった。

3

突如として短時間のうちに取調べや事情聴取を打ち切ることは、水木警部補がよく使う手であった。これは被疑者なり重要参考人なりを、動揺させる心理作戦なのだ。なぜ、こんなに短時間で調べを打ち切るのか。何か決定的なことを喋ってしまったために、あっさりまた明日と水木警部補は裏付けを急いで、早めに切り上げたのかもしれない。

そのように被疑者や重要参考人を不安にさせるのも、取調べのテクニックだと水木は御子柴刑事に教えている。相手の意表をつくことで迷いを生じさせると、それが被疑者の弱点になると落としの達人は経験から読んでいるらしい。

しかし、今日の場合は心理作戦を、二の次にしての打ち切りだった。実は水木のほうが、手詰まりになったのである。有効な攻めが、困難になったということであった。

水木の尋問《じんもん》に対して、香山弓江は少しも答えに窮することがない。考え込んだり、シドロモドロになったりすることもなかった。平然とした態度で、弓江は即答する。

しかも、滅茶苦茶《めちゃくちゃ》なことは言わない。いちおう理屈に適《かな》っているし、辻褄《つじつま》が合うように弓江は応答するのであった。水木の目を恐れることもなく、弓江は胸を張って滔々《とうとう》と述べる。

模擬面接で鍛《きた》えられた受験者のように、弓江はあらゆる尋問に備えて答えを用意しているのに違いない。昨日から一晩かけて、弓江は入院先の病院で準備を整えたものと思われる。

それにまだ、情報が少なすぎる。決め手となる新しい報告も、目が覚めるような捜査の具体性のある結果も、いまのところ東京から届いてはいない。

水木にすれば、弾丸《たま》不足なのだ。何を質問しても、弓江から立て板に水の答えが返ってくれば、それ以上は突っ込むことができない。それではいつまでたっても、本格的な事情聴取にならなかった。

そのために水木には、時間稼《かせ》ぎが必要になったのである。それで水木のほうから、明日までの休戦を通告したようなものだった。心理作戦としても、弓江に限っては通用しないだろう。

弓江は、不安など感じていない。難なく切り抜けられたし、シッポは出さなかった。警察は、証拠を握っていない。手の内が大《たい》したことはないとなれば、明日も適当に言い逃れができる。

弓江の自信と余裕が、そうした胸のうちを見せつけている。馬鹿丁寧に水木と御子柴に挨拶《あいさつ》をして、香山弓江は婦人警官とともに取調室を出ていった。

香山弓江を、有田署に留置することはできない。鳥栖署の管轄《かんかつ》内で逮捕《たいほ》されたのだから、弓江はこれから鳥栖署へ戻される。鳥栖署では明日の早い時間に、弓江を佐賀地方検察庁へ送検することになっている。

公務執行妨害と過失傷害の被疑者だが、現行犯逮捕されているので罪状は明らかである。本来ならば検事の取調べも簡単にすみ、弓江は直《ただ》ちに起訴《きそ》されるはずであった。

ところが、弓江の自供に曖昧な部分がある。なぜ白バイの警官の制止を振り切り、はね飛ばしてまで逃走を図《はか》らなければならなかったのか。そのことに関して弓江は、筋《すじ》の通る自供をしていない。

「熟睡《じゅくすい》しているところを叩《たた》き起こされて一瞬、自分がどこにいて何をしているのかもわかりませんでした。ふと警官の姿が映じて、わたくしは大変な罪を犯したかのように錯覚しました。警官に変装した悪人に襲われたのではないかとも、びっくり仰天《ぎょうてん》したのです。

それで逃げなければならないと、反射的に車を走らせたんだと思います。半分は夢を見ているような気持ちだったし、寝ぼけてもいたんでしょう」

弓江はこう自供しているが、警察も検事も信憑《しんぴょう》性なしとしていた。

それで検事は弓江の十日間の勾留《こうりゅう》を申請して、裁判所もそれを認めるに違いなかった。勾留期間中の弓江は、有田署の取調室へ通うことになるだろう。

有田署の捜査本部は、泉山磁石場での死体遺棄事件を捜査している。それは弓江が白バイ警官をはねて、逃走を図った理由にも関連してくる。

したがって検事も弓江が毎日、事情聴取のために有田署へ通うことを許可するはずだった。別件逮捕にも受け取られそうだが、弓江は捜査本部の知らないところで、公務執行妨害と過失傷害の現行犯として逮捕されているのだ。

その弓江を死体遺棄事件の重要参考人ということで、地検から借りる格好《かっこう》になるため別件逮捕にはならない。どっちにしろ時間はたっぷりあると、そのことが何よりも水木警部補の救いになっていた。

「わが夢、破れたり。そんな心境じゃないんですか」

二人だけになった取調室で、御子柴刑事が水木警部補に声をかけた。

「何のこったい」

水木はゆっくりと行ったり来たりで、狭い取調室の中を歩き回っている。

「十六年もむかしからのあこがれのスターが、したたかにして手に負えないような犯罪者なんですからね」

御子柴刑事は、悪戯《いたずら》っぽい目で笑った。

「馬鹿を言うな」

水木警部補は、ニコリともしなかった。

「手に負えないのは、事実でしょう。ビクともしないんですから、男よりはるかに手強《てごわ》いですよ」

「取調べの相手は男より女のほうが難しいって、むかしから決まっているんだよ」

「どうしてなんですか」

「男の犯罪は単純で、罰《ばっ》せられても仕方がないという気持ちも多分にある。それに情に弱いから、母親や子どもの話を持ち出すと感傷的になりやすい」

「わかります」

「しかし、女の犯罪者は冷徹《れいてつ》で、確信犯みたいに何か信念のようなものを持っている場合が多いんだ。現実的で、自己保全への欲望も強い。それと恐ろしいのは、女の自己暗示だろう。自分は何もやっていないと否定し続けるうちに、実際にそうなんだと信じ込んじゃうんだよ」

「香山弓江、落ちますかね」

「いつかは、落ちるさ。理論的に、追いつめていけばな。ただし具体的な事実の証明がなければ、どうにもならないだろう」

「いちばん急を要する事実の証明となると、たとえばどんなことですかね」

「香山弓江と井出香緒里の関係、結びつき、接点だ」

「香山弓江は井出香緒里なんて名前すら聞いたことがないし、見たこともないって何度も言っていますよ」

「そのことについては、かなり自信があるような感じだった。おれはそれが、何よりも心配だな」

「そうですね」

「それと、おれが引っかかるのは香山弓江の態度や目つきが、途中から一変したことだ。何が原因なのか、いまのところは思い当たらないんだが、香山弓江が尋問の途中で暗から明に、陰から陽に変わったことだけは確かなんだよ」

「警部補と香山のやりとりの録音を、テープが擦《す》り減るほど繰り返し聞いてみましょうかね」

「明日になれば、何か収穫があるだろうし……」

「東京からの吉報《きっぽう》にも、大いに期待したいところです」

御子柴刑事は、椅子を机の下に押し込んだ。

「おい。十六年前の香川弓子とヒット曲の〝縁切り〟は、いまだってそのままおれの心の中で生きているぞ」

御子柴刑事を見おろして、水木は大きく目をむいた。

翌日の午前中に、佐賀医大の法医学教室による司法解剖《しほうかいぼう》の所見《しょけん》が出た。

死因は、絞頸《こうけい》による窒息死《ちっそくし》。

凶器は、ロープ状のもの。

毒物、外傷、内出血などの異状なし。

死亡前に、かなりの量のアルコール摂取《せっしゅ》あり。

死亡前に、情交の痕跡《こんせき》あり。

精液は、血液型がAB。

死体発見時より逆算して、まる二日間以上を経過。死亡推定時は、十月二十六日から二十七日にかけての深夜という可能性が濃厚である。

井出香緒里はやはり、十月二十六日から二十七日へかけての夜間に殺されていた。井出香緒里は十月二十六日の午後四時二十分に、早退するということで熊谷市の勤務先をあとにしている。

香緒里は、熊谷発四時三十八分の新幹線に乗るつもりだった。目的地は東京駅の丸の内南口、そこで森喜美子と落ち合うためである。だが、香緒里は森喜美子との約束を果たさず、東京駅の丸の内南口に現われなかった。

香緒里は、どこへ消えたのか。

熊谷駅で新幹線に乗る以前か、新幹線を途中下車してか、それとも東京駅についてからか、香緒里が予定を変更したのはこの三通りしかない。そのいずれにしても、何者かに声をかけられたはずである。

森喜美子との約束を破ったのは、香緒里の自発的な意思によるものではない。誰かに強く迫られて、香緒里はやむなく東京駅の丸の内南口へ赴《おもむ》くことを断念したのだ。

だからといって、誘拐《ゆうかい》されたわけではない。香緒里は、人目のある場所にいた。また二十七歳の人間を、強制的に拉致《らち》できる時間でもない。

それに、その後の香緒里は酒を飲み、セックスをしている。よほど親しい相手でなければ、そういうことにはならないだろう。さらに、待っている森喜美子を無視できるほど、相手は香緒里にとって重きをなす存在といえる。

男であることは、間違いない。香緒里はその男と数時間をともに過ごし、酒を飲んだうえで肉体関係を持っている。それで香緒里は夜遅くなって、その男に殺害された。香緒里の体内に、男は精液を残している。

犯人は、男である。少なくとも殺したのは、女の香山弓江にあらずということになる。

水木警部補にしてみれば、最悪の推理が成り立つのであった。

そんなとき、熊谷市にいる磯貝刑事から報告の電話がはいった。電話には水木が、たまたま出てしまった。これも悪い知らせではないかと、水木は心臓に痛みを感じた。

「井出香緒里の愛人というのが、社内の聞き込みではっきりしました」

磯貝刑事は、声を弾《はず》ませている。

「社内とは、熊谷の東西建設北関東支社の社内ってことか」

水木は『香緒里の愛人』と、紙に筆ペンで大きな字を書き連ねた。

「そうです。それで社員たちの口が堅くて、聞き出すのに手間がかかりました。井出香緒里が言っていた恋人でも婚約者でもない彼というのは、東西建設北関東支社の赤間康次《こうじ》支社長のことです」

意気込んでいるせいか、磯貝刑事は必要以上に声を張り上げる。

「東京地検特捜部に二十七日、逮捕された赤間支社長か」

水木は『香緒里の愛人』と記した紙に、『赤間支社長』と書きたして古賀管理官に渡した。

「赤間康次、四十歳。頭の切れる男で、やり手として知られています。東西建設の超エリート社員で、五十歳に達する前に重役になると目《もく》されていたそうです。その赤間支社長が、井出香緒里と愛人関係にありました。噂《うわさ》としては社内に広まって、知らない社員がいなかったそうです」

「不倫だな」

「妻と、二人の子どもがいます」

「住まいは……」

「支社と同じ熊谷市曙町にある社宅に、一家で住んでいます。現在、赤間康次だけは東京拘置所におりますが……」

「不倫は、いつから始まったんだ」

「秘書室の同僚の話によりますと、三年前からということでした。最近の井出香緒里は、赤間康次に結婚を迫っていたそうです。赤間康次のほうには、離婚の意思すらなかったようですが……」

「二人の密会の場所は、上野駅から近い台東区池之端の香緒里のマンションってことかな」

「そのようです。池之端のイズミ・マンションの部屋代も、赤間支社長が出していたらしいですから……」

「それで、肝心の十月二十六日の夕方以降の赤間の行動は、どんな具合になっているんだね」

「そいつなんですが、どうも妙なことになりそうなんですよ」

「妙なことって……」

「井出香緒里を殺《や》ったのは、赤間康次という可能性が強いんですよ」

「赤間に、不審《ふしん》な行動ありか」

「二十六日の午後四時十五分に、赤間も東京の本社へ呼ばれていると称して出かけているんです」

「香緒里が支社を出る五分前に、赤間も外出した。赤間は当然、香緒里が早退する時間を知っていただろうな」

「そのうえで赤間は香緒里より五分早く、支社から姿を消しているんですよ」

「歩いてかね」

「いや、赤間は自分の車を運転して、出かけたということです。東京の本社へ行くんだったら、新幹線に乗るべきでしょう。車だったら、かなり遅くなります」

「東西建設の本社に、問い合わせたんだろうな」

「もちろん、確認を取りましたよ。結果はやっぱり二十六日の夜に会議や会合はない、赤間を本社に呼んだ者はいない、赤間が本社を訪れた形跡もない、ということでした。赤間は個人的なことで、人に知られたくない目的のために出かけたんです」

「帰宅したのは、いつだったんだ」

「それも、異常でした。奥さんの話だと赤間が帰宅したのは、二十七日の午前四時だったそうです。それから赤間は風呂にはいり、午前五時にベッドに横になったけれども、夫婦そろって眠れなかった。眠れないままに赤間は、まずいことになった、東京地検特捜部が動き出すという情報が本社からあった、おれは逮捕されるかもしれない、贈賄《ぞうわい》ってわけだろう、というようなことを奥さんに話したそうです」

「そうしたらそのとおり数時間後に、東京地検特捜部の一行が到着した」

「午前八時三十分に支社と社宅の家宅捜索が始まって三十分後に、赤間康次への逮捕令状が執行されたってことでした」

「東京地検特捜部はまるで問題にしていないことだが、赤間康次には前日の午後四時すぎから帰宅した午前四時まで、十二時間の謎《なぞ》の空白がある」

「午後になるでしょうが、富沢警部補から詳細《しょうさい》な続報がはいるはずです。いまは、以上で終わります」

磯貝刑事は風邪を引いたのか、苦しそうな咳《せき》がとまらなくなっていた。

「富沢班、副島班の全員に改めてお願いしたいんだ。香山弓江と井出香緒里との関係、香山弓江と赤間康次の結びつきを徹底的に洗ってもらいたい」

そう伝えて、水木は電話を切った。

4

予感どおり、吉報ではなかった。捜査が進展していることは、大いに結構である。しかし、香山弓江と対決する取調官にすれば、いい知らせとは言えなかった。水木警部補は、ますます形勢不利となる。

井出香緒里が殺害された時間は、十月二十六日から二十七日にかけての夜半と推定されている。それは、赤間康次の十二時間の謎の空白とぴたり重なる。

井出香緒里は、赤間康次と一緒だった。だとすると、井出香緒里を殺害したのは赤間という可能性が、百パーセントにも達することになる。

赤間は二十七日の午前四時に帰宅して、午前九時には東京地検特捜部に逮捕されている。その後の赤間は、東京拘置所に収容されたままであった。

赤間は、動きがとれない。東京拘置所に勾留されているとなれば、これ以上に完璧なアリバイはなかった。だが、井出香緒里の死体は、東京から遠く離れた九州の佐賀県へ運ばれているのだった。

もちろん、赤間には死体移動など不可能である。死体を東京あるいはその近辺から佐賀県へ、車で運んだのは香山弓江にほぼ間違いないのだ。

赤間が井出香緒里を殺害した主犯で、弓江が死体運搬役の共犯だと考えれば、事件解決への道は簡単に開ける。ところが、そう判断するにはその前提として、三つの問題点をクリアーしなければならない。

第一に、赤間と弓江の関係であった。殺人を共謀《きょうぼう》して、実行犯と死体運搬を分担するとなれば、よほど親密な関係にないと実現するものではない。

赤間康次と香山弓江は利害をともにして、井出香緒里を殺さずにいられないという共通の動機があるような、そんな間柄なのかどうか。これまでには赤間と弓江、香緒里と弓江の接点が、まったく見えていない。

第二に、なぜ香緒里の死体を佐賀県へ、移動させなければならなかったのか、どういう理由があって赤間は弓江に死体を佐賀県へ運ぶことを指示し、どのように納得して弓江もそれに従ったのか。

第三に、弓江はいつどこで赤間から、香緒里の死体を引き継いだのか。

香緒里は、十月二十六日から二十七日へかけての夜半に絞殺《こうさつ》された。赤間は二十七日の午前四時に帰宅し、午前八時三十分以降は東京地検特捜部に身柄を拘束《こうそく》されている。

つまり赤間は二十七日の午前四時をすぎてからは、妻を除いていかなる人間とも接触していないのだ。赤間が顔を合わせるのは、検事か拘置所の職員に限られている。

それにもかかわらず、弓江は十月二十八日に香緒里の死体を積んだ車を運転して、九州へと出発したのであった。弓江はいったいどこで、香緒里の死体を車に乗せたのか。いつ死体の隠し場所を、赤間康次から聞かされたのか。

赤間が香緒里を殺害した直後に、電話で弓江に連絡したとしか考えられない。だが、そうなると赤間と弓江は、それほど親密な関係にあったのかという第一の問題点にぶつかってしまう。

そのことについて水木は、疑問視しないではいられない。夜中まで電話を待っていたり、死体運搬の命令に従ったりと、そこまで弓江が赤間に忠実であっても不思議ではないという理由が、どうしても浮かび上がってこないのである。

弓江は、殺人の片棒を担《かつ》ぐような女ではない。また他人に、協力を求めるようなこともしない。従犯よりも、主犯に向いている。弓江は自分の意思で香緒里を殺し、その死体を佐賀県まで運んだ。

水木には、そう思えてならないのだ。

午後になって、弓江の従姉に関しての照会に対する回答が、岡山県の津山署から寄せられた。それによると、弓江の従姉の田宮洋子《たみやようこ》は実在するということであった。

住所も弓江が言ったとおり、津山市の鉄砲町《てっぽうまち》に住んでいるという。年齢は四十歳だが、和服好みで洋服はあまり着たがらない。弓江から近いうちに着物をプレゼントするために伺うと、田宮洋子は日付印が十月二十七日の速達を受け取ったとのことだった。

これだけを取り上げれば、弓江は嘘をついていないということになる。しかし、万一に備えて九州まで車を走らせた口実として、周到に用意した『行動予定』だったのかもしれない。

そうだとしたら二十七日の昼間のうちに、弓江は佐賀県への死体運搬を決めていたということになる。これがもし二十六日から二十七日の夜半にかけて、弓江みずから香緒里を殺したのであれば、当たり前な手順ともいえるのである。

捜査本部には次いで、東京派遣の副島班からファックスが届いた。珍しくも長文の報告書で、過去を含めた弓江の人生の記録と最近の行動が綴《つづ》られていた。

最初に（お手伝いの二ノ宮律子《にのみやりつこ》の証言による）と書かれている。資料というよりも香山弓江の作文を読むような感慨を覚えて、水木警部補は三回ばかり目を通した。

一九八一年、十八歳の香山弓江は肺結核と低血圧症で緊急入院。その後、東京の大学病院へ移る。

半年後の十二月に、名セリフといわれた引退宣言を残し、香川弓子なる芸名は永久に消える。

一九八二年、一月に大学病院を退院。東京を離れて静養したいとの弓江の希望を容《い》れた院長の紹介で、群馬県勢多《せた》郡宮城《みやぎ》村にある『赤坂高原《あかさかこうげん》クリニック・センター』に転院。

ここでやがて、看護婦の二ノ宮律子と親しくなる。二ノ宮律子は香川弓子の熱狂的なファンだったが、普通の娘に戻った香山弓江にも尽くすようになる。

香山弓江、十九歳。二ノ宮律子、二十五歳。

一九八三年、弓江は新たに入院した患者の武笠久司《むかさひさし》に生まれて初めての恋をする。武笠久司は弓江と同年齢、東京の私大の文学部の学生だった。

十月に、肺結核が完治《かんち》。退院をすすめられて弓江は、今後の身の振り方について香川弓子の後援会長であった財界の大物に相談する。

弓江は、経済的に余裕があった。その点も考慮のうえ財界の大物は、建設中のホテルのオーナーに口をきいてくれる。ホテル内で鮨《すし》店を経営する権利を与えるように、という交渉であった。

ホテルのオーナーは、かつての香川弓子への好意から、財界の大物の要請を快諾《かいだく》する。保証金も、少額ですんだ。

一九八四年の三月、弓江は赤坂高原クリニック・センターを退院。二ノ宮律子も、弓江と人生をともにすべく同クリニック・センターを退職。

武笠久司と変わらぬ愛を誓い合い、弓江は再会を約して二ノ宮律子と一緒に上京する。弓江は、二十一歳になったばかりである。

高輪《たかなわ》プリンセス・ホテルの完工を待って、弓江と二ノ宮律子は賃貸マンションで静かに暮らす。

一九八五年、母の多喜子が病死。弓江は、佐賀県有田町へ赴く。

夏ごろから、大学に復帰した武笠久司との交際が再開される。

十一月に、高輪プリンセス・ホテルが完成。弓江はホテル内に、『香川《かがわ》』という鮨屋を出店。

一九八六年、父の益次郎が病死。弓江は佐賀県有田町へ行き葬儀を営《いとな》み、酒店、家、土地などを処分する。弓江は有田町に、別れを告げたのだ。

一九八七年、武笠久司が二年遅れで大学を卒業。だが、武笠久司は作詞家を志望、就職の意思なし。そんな武笠久司に、弓江はもう夢中であった。

十二月に武笠久司が、弓江のマンションへ転がり込む。

一九八八年に高輪プリンセス・ホテルの新館が完成、弓江はそこでのお座敷天麩羅《てんぷら》の出店を任される。

秋になって弓江は、港区白金台の分譲マンション・エスニックの5LKの部屋を購入する。

武笠久司も、その新築の部屋に移り住む。二十五歳の男と女は、本格的な同棲《どうせい》生活を送るようになる。

武笠久司は相変わらず無職、無収入であった。作詞家になれる見込みもなく、武笠久司は弓江にオンブでダッコ、遊んで暮らすことを恥じなかった。

一九八九年、二ノ宮律子が武笠久司に反発して衝突を厭《いと》わず。

「ヒモと、変わらないじゃないですか」

「わたしは弓江さんに尽くすために、結婚だってしないんですよ」

「わたしは、弓江さんのために働いているんですからね。あなたに雇《やと》われたお手伝いじゃないってことを、忘れないでもらいたいですよ」

二ノ宮律子は、何度も武笠久司を罵倒《ばとう》した。だが、武笠久司は何も感じないのか、ヘラヘラ笑っている。

武笠久司を心から愛している弓江も、すべてに寛容で子どもを甘やかすように好きにさせていた。

一九九〇年、弓江は武笠久司との結婚を望んだ。女のほうからのプロポーズであった。しかし、武笠久司は一人前の作詞家になるまで結婚せずと、弓江の願いに応じようとしなかった。

あんな男との結婚はやめなさいと、二ノ宮律子はホッとした気持ちでいた。だが、久司さんが一人前の作詞家になるまで待つわ、と弓江は言った。

一九九一年、ホテルの鮨店とお座敷天麩羅店ともに営業成績が急上昇。両店の拡張工事が、始められる。

一九九二年、弓江は経営手腕を買われて、高輪プリンセス・ホテル新館地階の高級貴金属店から、企画担当の役員に就任することを要請される。

一九九三年、弓江は多忙を極める。

一九九四年、高名な作詞家に認められたとかで、それに関連しての付き合いと称し、武笠久司の外出が次第に多くなる。弓江の金を持ち出してのことであり、二ノ宮律子は腹を立てっぱなし。

後半になると、夜の外出と深夜の帰宅が増える。武笠久司は毎度、酔っぱらって帰ってくる。高級クラブからの請求書が、弓江あてに送られてくるようになる。

一九九五年（今年）、弓江と武笠久司は三十二歳、二ノ宮律子は三十八歳となる。

年の始めから武笠久司は頻繁《ひんぱん》に外出し、やがて外泊がそれに加わった。一泊が二泊、三泊となり、四月ごろには五泊もしたことがあった。

武笠久司は、弓江に対して冷淡になった。弓江を避けようとしていることは、明らかだった。

「これを機会に、武笠さんと別れたほうがいいですよ」

二ノ宮律子は何度も、弓江にそう忠告した。だが、久司さんなしでは生きられないと、弓江は泣き出すことになる。

七月に武笠が弓江に、マンション・エスニックを出ると通告する。弓江は何とか考え直してくれと、武笠にすがりついて引き止める。

それ以来、武笠は頼まれたから仕方がないという態度で、三日に一度ぐらいは帰宅するようになった。

九月の中旬に、弓江は初めて武笠との話し合いの時間を持った。武笠は弓江に問い詰められて、若い恋人がいることを白状した。その恋人とは、五月の末に深い関係になったという。

綾部《あやべ》マリ、二十四歳。さる大金持ちのお嬢さんとしか、武笠は打ち明けなかったらしい。そのことは弓江にとって、最大のショックだったと思われる。

しかし、弓江はそれでもなお、武笠との関係を清算したがらなかった。武笠が一人前の作詞家になるのを待って結婚すると、弓江は一途《いちず》に思い詰めているのだ。

弓江はできるだけ早く綾部マリと別れるように、泣きながら手を合わせて武笠に頼んだ。ただ、このときから弓江は人前を除いて、常に放心したような暗い顔でいた。ひとりで考え込んでいる弓江の姿が哀《あわ》れで、二ノ宮律子はもらい泣きするように涙ぐむこともあったという。

十月二十五日の午後五時三十分ごろ、酔っている武笠から電話がかかった。高輪プリンセス・ホテル内の事務所から戻ったばかりの弓江に、二ノ宮律子は電話を引き継いだ。

「いま群馬県の伊香保《いかほ》温泉にいるから、すぐに迎えにこいですって。わたくし、行ってきます」

弓江は二ノ宮律子にそう告げたうえ、買って間もない車を運転して出かけた。弓江は関《かん》越《えつ》自動車道を経由して、群馬県の榛名山《はるなさん》の中腹にある伊香保温泉へ向かったものと思われる。

弓江は二十六日の午前一時二十分に帰宅したが、武笠を連れてはいなかった。

「久司さん、もうグデングデンになっていて、寝込んでしまって目を覚まさないの。それで、諦《あきら》めて帰ってきたわ」

疲れきった青い顔で、弓江は律子に言った。

二十六日の午後になって、武笠久司がマンション・エスニックの部屋に現われた。まだ、酒臭かった。武笠は迎え酒だとウイスキーを飲み始め、夕方にはリビングのソファで高鼾《たかいびき》をかいていた。

帰宅した弓江は、武笠の寝姿を悲しそうに見守った。やがて弓江は、武笠の脱いだコートのポケットに突っ込まれている新聞を抜き取り、ざっとそれに目を走らせた。

しかし、急に弓江はその新聞をビリビリに引きちぎり、ヒステリックに屑《くず》入《い》れに投げ込んだ。

翌二十七日の午後、正気に戻った武笠はまたもや外出した。夜の九時に事務所から帰った弓江は、武笠が出かけたことにひどく失望した様子だった。

「気晴らしに、ドライブしてくるわ。それから明日、久しぶりに佐賀県へ行くことにします。有田の思い出の場所で、今後のことを考えてみたいの。帰りには、津山の従姉のところにも寄ってくるわ。土曜、日曜、月曜って初めてお休みが取れたんですものね」

二ノ宮律子にそう言い置いて、弓江はドライブに出発した。

弓江が帰宅したのは、深夜の午前二時であった。

夜が明けての二十八日の朝七時に、弓江は起床した。まずは、風呂にはいった。そのあと、化粧と着替えをすませた。下着類を詰めた小型の旅行ケース、バッグ、サングラスなどを持って、弓江はマンションの地下の駐車場へ向かった。

五時間しか睡眠をとっていないが、弓江は元気であった。二ノ宮律子は二回に分けて、従姉へのみやげにするという着物の衣裳ケース八個を、大きな紺色の風呂敷と一緒に地下の駐車場へ運んだ。

八個の衣裳ケースと大風呂敷は地下のエレベーターの前で、リレー式に弓江が二ノ宮律子の手から受け取っている。いってらっしゃい、気をつけて——と手を振ってから、二ノ宮律子はエレベーターに乗り部屋へ戻ったという。そのときの時間は、午前八時三十分であった。

翌二十九日の正午に、佐賀県の鳥栖警察署からの電話を二ノ宮律子は受けている。電話の内容は、公務執行妨害と過失傷害の現行犯で逮捕した香山弓江が、実在するかという身元の確認であった。

二ノ宮律子は驚愕《きょうがく》して、ひょっこり帰ってきた武笠にそのことを告げた。そうしたところ、武笠久司はいやな顔をして、そそくさとマンションを出ていった。

それっきりいまに至るも、武笠久司は現われていない。副島班では武笠久司の足どりを追っているが、現在なお行方不明。

以上とりあえず、報告します。

富沢班の磯貝から連絡をもらいましたが、香山弓江と赤間康次、香山弓江と井出香緒里の関連の洗い出しに、副島班も力を尽くします。

5

香山弓江には、二ノ宮律子が影のように付き添っている。マンションにおける弓江の私生活のみに限られるが、二ノ宮律子に知られずにすむことはなさそうである。

武笠久司からの電話にさえ、二ノ宮律子が出ている。すると弓江専用の直通電話もないと、考えていいだろう。夜中だろうと弓江に連絡すれば、二ノ宮律子が電話に出ることになる。

そうした二ノ宮律子の話に基づいて、書かれた報告書なのだから、間違いはないと思われる。そして、弓江に武笠久司という心から愛する恋人がいたことにも、重視すべき価値があった。

同時に最も注目すべきことは、この一週間の弓江の動きである。昼間の弓江は、仕事に多忙を極めている。疑わしいとすれば、夜間であって所在不明となるときの弓江の行動だった。

水木警部補は改めて、報告書のその部分を頭の中で整理してみた。

十月二十五日、水曜日。

武笠から迎えに来てくれとの連絡を受けて、弓江は車で群馬県の伊香保温泉へ向かっている。午後五時四十分ごろに、弓江はマンションを出発したらしい。

弓江がマンション・エスニックに帰りついたのは、真夜中の午前一時二十分ですでに二十六日になっていた。しかも、酔っぱらって寝込んでしまったということで、武笠を連れては戻らなかった。

弓江はこのとき七時間四十分も、所在不明の単独行動をとっている。ところが、この時点における井出香緒里は、まだ立派に生存していた。したがって弓江の行動は、香緒里殺害と無関係である。

十月二十六日、木曜日。

午後になって、武笠が帰ってくる。ひどい二日酔いの武笠は迎え酒をやって、夕方にはリビングのソファで寝てしまう（そのころ熊谷駅の近くで、井出香緒里が姿をくらませている）。

帰宅した弓江は悲しそうに、眠っている武笠を眺めやった。なぜ弓江はここで、悲しい思いに駆られたのか。どうして弓江は武笠のコートのポケットから抜き取った新聞を読み、それをビリビリに破って捨てなければならなかったのか。

この二十六日から二十七日にかけての夜半に、井出香緒里は殺害されている。だが、二十六日から二十七日にかけての夜間、弓江はマンションの部屋を一歩も出ていない。つまり弓江は、香緒里殺害に直接かかわっていないことになる。

十月二十七日、金曜日。

午前九時に熊谷の自宅で、赤間康次が東京地検特捜部に逮捕される。

午後、武笠が外出する。

弓江が事務所から帰宅したのは夜の九時だが、武笠の不在を知って失望の色を隠せなかった。弓江は気晴らしにドライブをすると言い出して、すぐにマンションをあとにしている。

戻ってきたのは、午前二時という真夜中である。このときの弓江も単独で行動して、五時間ほど所在不明となっている。これにこそ、着目しなければならない。

ドライブと称する五時間の行動が、井出香緒里の死体と結びつくのだ。この五時間を除いて、井出香緒里の死体を車に積み込む機会はない。

弓江はキング・サイズのシーツを用意して、井出香緒里の死体が隠されている某所《ぼうしょ》へ向かったはずである。香緒里の死体を弓江が青いビニールシートに包み、ロープをかけたのかどうかは判然としない。

あるいは、すでにそのように処理されていたのかもしれない。いずれにせよ弓江はさらに死体をシーツで包み、自分の車に運び入れたのだろう。

弓江は香緒里の死体とともに、マンション・エスニックへ戻ってきた。午前二時にマンションの地下駐車場へ乗り入れた弓江の車には、死体とは見えない香緒里の死体が積み込まれていたのだ。

五時間後の十月二十八日の午前七時に、弓江は起床して活動を開始する。二ノ宮律子が運ぶ衣裳ケースや風呂敷のすべてを、弓江はエレベーターの前で受け取っている。

それは二ノ宮律子に、車の中を見られたくなかったためだろう。車の後部座席の床に、すっぽりシーツに包まれた死体が押し込んである。

弓江はそのうえに大きな風呂敷を広げ、八個の衣裳ケースを並べて積み上げた。弓江と死体は八時三十分に出発、行楽地《こうらくち》に向かう車にまじって土曜日の高速道路を一路、佐賀県の有田町へと走り続けることになる。

「井出香緒里殺しに、香山弓江は手を貸さず。やっぱり、死体遺棄だけの共犯で決まりか」

水木警部補は、独り言をつぶやいた。

そんなとき、水木警部補に電話がかかった。水木を指名した電話の相手は、東京にいる富沢警部補だった。捜査一課長や古賀管理官がまわりに集まってきたので、水木は受話器をスピーカーにも切り替えた。

「はい、ご苦労さま」

水木警部補はそうした呼びかけで応じた。

「ミズさん、おれがいまどこに来ているかわかるかい」

富沢警部補は、気を持たせるような口調で質問した。

「熊谷でなければ、東京だろう。東京のどこかなんて、わかるはずがないだろう」

水木は、苦笑した。

「台東区池之端四丁目、イズミ・マンションの管理人室の電話を借りているんだ」

富沢警部補は、まだもったいぶるような言い方をしていた。

「長距離なんだ、東京から佐賀までは……。電話を借りているんだったら、回りくどい話はやめたほうがいい」

「ついさっき、井出香緒里の部屋を見せてもらったよ」

「どこの裁判所で、令状をくれるんだ。佐賀まで令状をもらいに行っている暇《ひま》があるのか、ミズさん」

「令状なしにか」

「何を、言っているんだ。家宅捜索なんかじゃなくて、犯行現場じゃないかどうかを調べるんだよ。被害者宅を見せてもらうのは、捜査の常道《じょうどう》だろう」

「令状なしの家宅捜索は、憲法違反じゃないか」

「まあ、いいだろう」

「それに今日、東京地検の特捜部も井出香緒里の部屋を家宅捜索したんだ。そこでこっちも特捜部の検事に事情を説明して、便乗させてもらったのさ」

「それは、どういうことなんだ」

「少しは、驚いたか」

「東京地検の特捜部が、香緒里の部屋までガサ入れするなんて……」

「逮捕した赤間に関連してだろうが、押収品はダンボール一箱しかなかったようだ。特捜部は赤間が愛人の香緒里にも、証拠書類を預けておいたと見ていたらしい」

「赤間と香緒里は、そんな関係でもあったのか」

「香緒里は、ただ秘書室に所属するだけの社員じゃない。香緒里は愛人ということで、赤間の私設秘書みたいなものだった。東西建設の北関東支社と赤間の秘密だったら、香緒里はどんなことでも承知していたはずだって、特捜部の検事が言っていた」

「そうなると赤間には、香緒里の口を封じたいという気持ちもあっただろうな」

「その点については、特捜部も自信を持っているような気配だった。香緒里を消したのは赤間だって、特捜部は断定しているような口ぶりだよ」

「動機は、口封じってことか」

「赤間は逮捕されることを事前に察知して、香緒里を密談の場所へ誘った。そのうえで赤間は香緒里に、特捜部の取調べには知らぬ存ぜぬで押し通すように迫った。しかし、香緒里はそれに、結婚という条件をつけた。そうでなければ何もかも特捜部にぶちまけてやると、香緒里は赤間に対し逆に居丈高《いたけだか》になった。そのために赤間は、香緒里が裏切ることを確信した」

「特捜部の取調べに香緒里は、知っていることをすべてベラベラ喋ってしまう。だったらいっそのこと香緒里の口を封じたほうがいいと、赤間は殺意を抱いたってわけか」

「殺しの動機として、確かに文句なしだ」

「特捜部は、犯行現場も特定できているんだろうか」

「いや、いまのところ殺しのほうまでは、特捜部も手が回らないよ」

「富沢班としては、どうなんだ」

「香緒里の死体が発見されたのが佐賀県、被害者《ガイシャ》の住所は東京都、犯行現場は埼玉県かもしれない。そうなったら佐賀県警、警視庁、埼玉県警が三すくみだ。だけど死体が見つかった佐賀県、つまり佐賀県警が捜査の先頭に立つしかないだろう。富沢班を、頼るほかはないね」

「佐賀、東京、埼玉で合同捜査本部をなんて話にならないうち、何とかしてもらいたいですよ」

「このイズミ・マンションの香緒里の部屋が、犯行現場じゃないってことは間違いないんだがね」

「どうして、そう断定できるんだ」

水木警部補は、腰を浮かせていた。

「香緒里の部屋は五〇二号室、そこのリビングには飲み食いした跡がそのままになっていた。寝室のベッドのうえも乱れていて、毛髪や陰毛が目についた」

富沢警部補は、急に声をひそめた。イズミ・マンションの五階では、赤間も香緒里もちょっとした有名人だった。五階の住人に言わせると、香緒里のいやらしい声が室外まで聞こえるというのである。

いやらしい声とは、セックスで絶頂感を極めたときの香緒里の歓喜の叫びのことであった。殺されそうな悲鳴のようでものすごく、それも絶叫が延々と続くのだという。

赤間が訪れるとほどなく、決まって香緒里の絶叫が始まる。廊下を通ると、それが聞こえてくるのだ。そんなことで、五階の住人は赤間の顔までよく知っている。

十月二十六日の夜八時ごろ住人のひとりが、赤間と香緒里が五〇二号室にはいるのを目撃した。十一時ごろにはほかの住人が、例の香緒里の殺されそうな叫び声を耳にしている。

午前一時に、マンションへ帰ってきた五〇一号室に住むスナックのママが、駐車場で車に乗り込もうとしている赤間と香緒里を見かけた。香緒里はふらふらするほど酔っていて、赤間に抱きかかえられていた。

赤間は熊谷駅の付近で、香緒里を強引に自分の車へ誘い込んだ。そのまま十七号線を東京へ向かい、三時間半もかけてゆっくり走り、夜の八時ごろに池之端のマンションの五〇二号室に到着した。

車の中での話し合いは、五〇二号室に落ち着いてからも続けられる。赤間は香緒里を懐柔《かいじゅう》するためにワインをしこたま飲ませたり、途中で風呂にはいったりセックスをしたりする。

しかし、依然《いぜん》として香緒里から、全面協力の答えは得られない。おそらく香緒里は結婚というより、慰謝料及び協力金として多額の金を要求したのに違いない。

ついに、結論は出なかった。赤間は口封じのために、香緒里殺害という道を選ぶことを決意した。赤間は、熊谷へ戻らなければならない。車の中を最後の説得の場にしようと、赤間は酔っている香緒里を誘い出す。

二人はマンションの駐車場で、赤間の車に乗り込む。それを五〇一号の住人が、午前一時に目撃している。赤間は帰宅する必要もあるので、車を熊谷方面へ走らせる。

「十月二十七日の午前一時までは生きていて、しかも香緒里はマンションを出ているってことか」

水木警部補は、立ち上がっていた。

「赤間は熊谷の社宅に、午前四時に帰りついている。香緒里を絞殺したのは、午前一時から四時までの三時間のあいだに限られる。犯行現場は、東京の池之端から熊谷市までのどこかってことだ」

富沢警部補は、元の大きな濁声《だみごえ》に戻っている。

「トミさん、何とか頼む」

「よし任せろって言いたいところだが、もうひとつ強敵がいてな」

「何だい、強敵っていうのは……」

「東京地検特捜部さ。特捜部は香緒里殺害の件についても、逮捕した赤間康次を厳しく追及する。こっちがそれに割り込めても、主役はあくまで特捜部だろう」

「勝ち目は、ないってことか」

「相手は、名うての東京地検特捜部。先陣を争ったところで、勝てっこない強敵だろうよ」

富沢警部補は、自嘲的《じちょうてき》に笑った。

「泣く子も黙る東京地検特捜部が相手でも、こっちは香山弓江を押えているんだ」

そんな大口をたたけば自分の責任が重くなると、水木警部補は焦燥感《しょうそうかん》に駆られていた。

第四章　鑑識《かんしき》が勝つとき

1

水木警部補は、井出香緒里の両親と妹に会った。井出香緒里の両親と妹は、愛知県の豊橋市から駆けつけて佐賀県の有田署に到着したのである。死者を確認して、遺体を引き取るためだった。

香緒里の両親と妹は、何も知らないようであった。香緒里の東京での生活には、いっさいタッチしていなかったのだ。会って話をするのは、香緒里が豊橋に帰ってきたときに限られる。

しかし、香緒里は滅多《めった》に、豊橋へ足を向けなかった。東京の人間になりきっていたし、自立心も旺盛《おうせい》な香緒里だったらしい。親に泣きついたり、兄弟に相談したりするタイプではないのである。

ただ、殺される十日ほど前に、珍しく香緒里から実家へ電話があったという。電話には、妹が出た。別段、用事はないようだった。姉と妹は、とりとめもないお喋《しやべ》りに興《きよう》じたのであった。

「わたしが、結婚はまだなのって言ったんです。そうしたら姉は、結婚なんてしないわよ、結婚よりお金だわ、わたしがその気になれば大金が手にはいるのよって、真面目《まじめ》な口調で答えました」

と、妹は涙ぐんだ。

やはり香緒里は、赤間康次との結婚を望んでいなかったのだ。東京地検特捜部の事情聴取に対して、何も知らないで通すことの条件として香緒里が求めたのは、まとまった額の現金だったのに違いない。

両親と妹は香緒里の口から、香山弓江という名前を聞かされたことがないそうである。何も収穫を得られなかった水木警部補は、パトカーで佐賀医大へ向かう両親と妹を見送った。

やがて検事の取調べが長引いているので、香山弓江が捜査本部に到着するのは夜になる、という連絡があった。水木警部補は即座に、今日の事情聴取を中止した。ついでに、明日も中止することを決めた。

「どうせいまの段階では、空回《からまわ》りに終わるだけだ」

水木警部補は、そうつぶやいた。

「香山弓江の弁舌さわやかな反論を、拝聴《はいちょう》するほかはないでしょう」

御子柴刑事が、悔《くや》しそうに顔をしかめた。

「決め手になるようなことが、何ひとつないと来ている」

「不透明ってやつですか、見えそうで見えませんね」

「死体遺棄《いき》のほうは、問題じゃない。香緒里を殺《や》ったのは、香山弓江だっていう点で手がかりが欲しい」

「東京地検特捜部に、先を越されるんじゃないですかね」

「赤間康次が、香緒里殺しを認めるっていうのか」

「ええ」

「そうなると香山弓江は、香緒里の死体の運び屋と遺棄だけで、いわば赤間の共犯じゃないか」

「それじゃあ、水木さんは気に入らないんですね」

「気に入らないも何も、香山弓江と赤間には接点がない。無関係な男と女が、殺しの主犯と共犯になり得るかだ」

「だったら、香緒里と香山弓江にも同じことが言えますよ。接点もない無関係な二人が、殺しの被害者と加害者になり得るでしょうか」

「まあ、明後日まで待とう。明後日には、何とかなるだろう」

「香山弓江を明後日には、落とせるっていうんですか」

御子柴刑事は、目をまるくした。

「落とすんだ。おれには、そういう予感が働いている」

水木警部補は再び、山積みの資料と対峙《たいじ》した。

夜になって、水木警部補は佐賀市へ車を走らせた。県警本部の鑑識に寄ってから、佐賀市内の自宅へ帰るつもりだった。県警本部は松原一丁目にあって、佐賀県庁と堀を挟《はさ》んで向かい合っている。

県警本部のビルへはいり、六階までエレベーターに乗る。六階はフロア全体が、鑑識課によって占められていた。鑑識課には、科学捜査研究室も同居している。この六階の各室には、まだ煌々《こうこう》と電灯がともっていた。

科学捜査研究室は資料係、法医学係、化学係、物理係、心理係、文書係から成っている。大学の研究室のように聞こえるが、まさしくその道の専門家がそれぞれの役割を果たしているのだ。

警察官であると同時に、科学者でもあった。博士号を持つ人もいるし、大学の助手並みの経験や知識のある警察官となると珍しくはない。それに新兵器ともいえる科学器材が、製薬会社の研究所でも連想させるように備《そな》わっている。

物質を五十万倍に拡大して、微量の微小物を分析するX線マイクロアナライザー。

生物のタンパク性の酵素を調べるのが、全自動血液検査装置。

DNA鑑定のために、早期死体現象を保存する超低温槽《そう》。

ビデオスキャナー、光ディスクプロセッサー、光ディスクレコーダーなどによる足跡画像検索《けんさく》装置。

赤外線を照射して、物質を分析特定するフーリエ変換赤外分光装置。

合金、偽造硬貨、化合物の中の金属などの元素を検出して、定量を調べるプラズマ発光分光分析装置。

プラスチック、繊維などの成分を分析する熱分解ガスクロマトグラフ装置。

尿《にょう》や血液などから覚醒剤《かくせいざい》といった薬物を、微量であろうと検出する高速液体クロマトグラフ装置。

ほかに蛍光《けいこう》X線分析装置、痕跡《こんせき》比較投影機、ミクロカラー測定検索装置、文書鑑定のためのマルチ画像処理装置、人の声を解析するサウンドスペクトログラフ装置、被疑者写真検索システム、銃弾の発射痕を調べる比較顕微鏡《けんびきょう》、微小領域X線回折《かいせつ》装置というような精密機械が、科学捜査研究室の各部屋を埋めている。

当然のことだが、ポリグラフ検査室や銃弾の試射室もあった。水木警部補は何度ここへ来ても、近寄りがたい別世界なるものを感ずる。おそらく、水木が苦手とする科学の殿堂《でんどう》だからに違いない。

水木警部補は、村山《むらやま》課長補佐に会った。村山課長補佐は、法医学係の責任者でもある。中年の紳士という印象の村山は、ドクターらしい雰囲気を漂《ただよ》わせている。村山課長補佐は、にこやかに水木を迎えた。

「ビニールシートから、何か出たでしょうか」

水木警部補には、そうした質問のほかに言葉がなかった。

「ビニールシート、ベッド用のシーツからは何も出なかった」

疲労の色が濃くても、村山課長補佐は笑った顔でいる。

「駄目でしたか」

水木警部補も、失望はしなかった。

何かあれば、捜査本部に連絡がはいる。それがないのは、手がかりになるようなものが検出されなかったからだと、水木は期待することを戒《いまし》めたのだ。

「両方とも、新品でね。しかも、全国どこだろうと市販されている」

村山課長補佐は、白いものが増えた髪をかき回すようにした。

「大勢の人が買っていくシーツ、そしてビニールシートですか」

「極《きわ》めて、一般的な代物《しろもの》だ。シーツは、デパートか寝具店で売っている。ビニールシートはテントの中の敷物に使うやつだから、スポーツ用品店でも売っている」

「いずれにしても、シーツとビニールシートを買った人間を、特定することは不可能ですね」

「不可能も不可能、奇跡が起こるのを待っても無理だ」

「そうですか」

「それにね、ビニールシートが実に綺麗《きれい》なんだ。まるで水で洗ったみたいに、汚れていないんだ」

「水で、洗ったみたいに……」

「指紋も掌紋《しょうもん》も採取できなかったのは、もちろん手袋をはめていたからだろう。しかし、土とか草とか油とか何かが、ビニールシートに付いていたっていいはずだ。だけど、新品のシーツが汚れないくらい、ビニールシートには何も付いていなかった」

「車の中を汚すまいとして、洗ったのかもしれませんね」

「もしビニールシートが、泥だらけだったとしたらね」

「泥だらけですか」

「地中に埋めてあれば、泥まみれになっているんじゃないか」

「じゃあ、どこかに仮に死体を埋めておいたのを掘り出して、犯人《ホシ》はそれをまた佐賀県まで運び、有田町の泉山磁石場に改めて埋めたってわけですか」

「あくまで、推論だけどね」

「もし、そうだとしたら……。屋外《おくがい》であって、死体を埋めたり掘り出したりできる場所となると、水道や井戸の水は利用できないでしょう」

「わたしは、川だと思う」

「川のそばに埋めてあったんなら、川の水で洗えますね」

「ビニールシートは、翌朝までに乾く。乾いてから、シーツで包んだんじゃないだろうか」

「川の水で洗ったというのには、何か根拠があるんですか」

「ある」

「どんな……」

「いわゆる微物なんだけど、ビニールシートを縛《しば》っているロープの結び目に埋まっていた長さ三ミリの物質を、われわれは見つけ出した」

「長さが、三ミリですか」

「これが、唯一《ゆいいつ》の収穫ということになる。しかし、この貴重品があるいは、捜査本部に朗報《ろうほう》をもたらすかもしれない」

「貴重品とは、いったい何なんです」

「覗《のぞ》いてみるかね」

村山課長補佐は、椅子《いす》を滑《すべ》らせて立ち上がった。

「お願いします」

水木警部補は、課長補佐のあとに従った。

村山課長補佐は、水木を顕微鏡の前に案内した。覗けというのは、この顕微鏡のことらしい。水木は二つの接眼レンズに、両目を近づける。長さ三ミリの微物が、びっくりするほど大きく見えた。

だが、水木にはいかなるものか、さっぱりわからない。髪の毛、そうでなければトゲに思えた。毛根のようなものが付いているし、頭髪ということにしたかったが、どうもそうではなさそうである。

「トゲか毛のように、見えますが……」

水木は、課長補佐を振り返った。

「そう、魚のトゲだ」

村山が答えた。

「魚のトゲなんですか」

「X線マイクロアナライザーで分析したところ、カルシュウムにリンという結果が出た。つまり骨というわけだが、魚のトゲや背びれは骨なんだよ」

「魚ということも、断定できたんですね」

「それはさして、難しいことじゃない。さらにこのトゲの根っこに、ごく微量の血痕があった。それでDNA鑑定も、血清《けっせい》を見ることも可能になった」

「そういう鑑定によって、魚の種類がわかるんですか」

「魚の特定にはまだ時間を要するけど、必ず答えが出る」

「ですけど魚の種類がわかったところで、今度の事件《ヤマ》の重大な手がかりになるんでしょうかね」

「このトゲをわれわれは、トゲウオのものと見ている」

「トゲウオなんて魚が、日本に棲息《せいそく》しているんですか」

「トゲウオは、背中と腹にトゲがある淡水魚《たんすいぎょ》だ。澄んだ水でなければ、生きてはいられない。それで湧《わ》き水の出る池、水の綺麗な小川で水草のあるところにしか、トゲウオは棲息していない。またオスが水草を集めて巣作りをして、子育ても引き受ける珍しい魚として知られている」

「トゲウオねえ」

「わたしが川にこだわるのも、このトゲがトゲウオのものと推定されることを根拠としている」

「しかし、魚なんですから、全国にいるんじゃないんですか」

「いや、その逆だ。トゲウオは、絶滅の危機に瀕《ひん》している」

「どうしてですか」

「まず、日本の水が澄んでいる川も池も水路も、どんどん減っているじゃないか。やれ建設だ開発だと、護岸《ごがん》工事が進められる。何らかの工事で、湧き水が枯渇《こかつ》する。トゲウオをペットショップに売る、という不心得者《ふこころえもの》もいる。それらがすべて、トゲウオ絶滅の原因になっていてね」

「するとトゲウオが棲息している場所っていうのは、かなり限られているんですか」

「日本のトゲウオ科の魚は六種類とされているけど、そのうちのハリヨは岐阜県と滋賀県にしかいない。岐阜では県の天然記念物に指定して、ハリヨの保護に努めているそうだ。滋賀県でも五カ所の棲息地が確認されているというが、やはり徐々《じょじょ》に絶滅の危機が迫りつつあるようだね」

「ほかには……」

「イトヨというトゲウオは福井県、福島県にいると聞いたけど、このイトヨにも保護対策が必要だそうだよ。それに、山形県にいるトミヨというトゲウオにしても、ここ数年間で激減したみたいだ」

「ハリヨにイトヨに、トミヨですか」

「このトゲの長さから推定すると、小型のトゲウオのようだな。断定するまでには二日ばかりかかるだろうけど、わたしは体長五センチぐらいのムサシトミヨだろうと見ているんだよ」

「トミヨのうえに、ムサシが付くんですか。これは、なぜなんです」

「ムサシは、武蔵国《むさしのくに》のことだと思う。武蔵国のトミヨで、ムサシトミヨになったんだろう。武蔵国となると、現在の東京都と埼玉県が大部分を占めていた」

「埼玉県ですか」

水木の肩のあたりが、痙攣《けいれん》するように動いた。

「ムサシトミヨは、埼玉県熊谷市の元荒川《もとあらかわ》にしか棲息していない。それで地元の市民団体が、ムサシトミヨの保護に尽力しているそうだよ」

村山課長補佐は、水木に背中を見せていた。

「熊谷市ですって……！」

腹痛に襲われたときのように、水木警部補は上体を折って身を屈《かが》めた。

2

埼玉県熊谷市には、東西建設の北関東支社がある。支社長の赤間康次は妻子とともに、熊谷市内の社宅に住んでいた。井出香緒里も東京の台東区から、熊谷市の北関東支社に通勤していた。

富沢警部補は、東京台東区の池之端から熊谷市までの某所において、赤間が香緒里を殺害したものと断定している。十月二十七日の午前一時に酔っぱらった香緒里は、池之端のマンションの駐車場で、赤間康次の車に乗り込んだ。

赤間は車を、熊谷へ向けて走らせた。この点は、間違いない。三時間後の午前四時に、赤間が熊谷市の自宅に帰りついているからである。赤間が香緒里を殺害した場所も当然、池之端と熊谷のあいだということになるだろう。

真夜中のドライブなので、交通渋滞にはぶつからない。飛ばせば池之端から熊谷まで、さして時間はかからなかった。だが、そうだとしても人を殺すとなれば、どこでもいいというわけにはいかない。

都内から大宮のあたりまでは、まず無理である。赤間は無人の世界を、安全地帯として求めるだろう。土地鑑《とちかん》のある熊谷市の郊外を、赤間が選んだとしてもおかしくはない。赤間は、某所に車を停める。

赤間は前日、北関東支社を出発する以前にビニールシート、ロープ、スコップなどを準備していた。それらは、車のトランクルームに納められていた。赤間は、凶器《きょうき》に使うロープだけを、手もとに置いている。

赤間は助手席で眠っている香緒里を絞殺《こうさつ》して、車から死体を運び出す。死体をビニールシートでくるんで上下二カ所、中間の四カ所をロープできつく縛る。そうした作業を、赤間は手早くすませた。

次は、スコップで穴を掘る。死体を地面に埋めるのであれば、何もビニールシートに包んで厳重にロープを掛ける必要はない、という気がしないでもない。

しかし、その場所に長期間あるいは永久に、死体を埋めておくつもりがないとなれば話は別である。赤間としてはとりあえず、死体を隠さなければならなかった。

そのため、一時的に死体を埋める。すぐまた死体を掘り出して、より安全なところへ移送する。それには死体を、そのまま埋めてはならない。再び死体を掘り出すならば、梱包《こんぽう》しておいたほうが何かと好都合なのだ。

死体を埋めたあと、赤間は急いで帰宅する。梱包する前に赤間は、香緒里の死体から衣服を剝《は》ぎ取っている。これは死体が見つかっても、衣服や所持品から身元が判明しないようにと、用心してのことである。

本来ならば、全裸にしたいところだった。だが、愛人への思いやりといったものが、いくらかでも赤間の情に残っていたのだろう。それで赤間は、ブラジャーとパンティを剝ぐことに、躊躇《ちゅうちょ》を覚えたのに違いない。香緒里がチケットの半券を、ブラジャーの内側に秘めていたことには、赤間も気づかなかったのだ。

赤間は途中で香緒里の衣服、バッグ、靴、スコップなどを隠匿《いんとく》した。それでも何とか赤間は、午前四時に帰宅することができた。しかし、朝を迎えて赤間は、東京地検特捜部に身柄《みがら》を拘束《こうそく》される。

赤間にはもはや香緒里の死体を、本格的に処分することは不可能であった。そこで香山弓江が、それを代行するということになる。香山弓江はその日の夜九時ごろに、気晴らしにドライブをすると称して出かけた。

香山弓江は、熊谷市の郊外へ直行する。深夜の十一時ごろから、作業を開始する。弓江は持参のスコップで、ビニールシートで梱包された死体を掘り出した。深く埋めてはないので、さして時間を要しない。

だが、ビニールシートもロープも、泥まみれになっている。これを車に乗せて運ぶのは危険だし、車内を汚すことにもなる。すぐそばを、小川が流れている。弓江は梱包されたものを岸辺に転がし、小川の水でビニールシートを洗い、さらに持参のシーツでくるんだ。

香山弓江は二十八日の午前二時に、マンション・エスニックへ帰ってきた。夜明けを待って、弓江は出かける準備に取りかかる。大きな風呂敷と八個の衣裳《いしょう》ケースを車の中に持ち込み、弓江は午前八時三十分ごろ佐賀県へと旅立った。

香緒里の死体は、佐賀県有田町の泉山磁石場で見つかる。梱包に使われたビニールシートやロープから、泉山磁石場の陶石の粉末をまじえたものとは明らかに違う土が採取されている。

とはいうものの、それがどこの県の土なのかを判定するのは困難であった。だが、ロープの結び目に刺さっていたトゲとなると、これは重大な手がかりになり得るのだ。

県警本部の科学捜査研究室の分析結果では、トゲウオの背中のトゲという答えが出ている。村山課長補佐はトゲの長さから計算して、九分どおり体長五センチ以下のムサシトミヨだと推断していた。

ムサシトミヨは、熊谷市郊外の元荒川にしか棲息していないという。赤間や香緒里の生活と行動範囲内には、熊谷市が存在している。ムサシトミヨが棲息する唯一の土地、熊谷市とも一致するのだった。

もしトゲがムサシトミヨのものであれば、熊谷市郊外の元荒川の岸辺が犯行現場と特定される。水木警部補が、目の色を変えるのは当然である。しかし、水木にはその反面、釈然《しやくぜん》としない思いがあった。

「ムサシトミヨと断定が下されると、井出香緒里殺しの犯行現場が特定されます。そうなると犯人《ホシ》も、赤間康次ってことになりますね」

水木警部補は、スリッパを引きずって歩いた。

「百パーセント、間違いないだろうね」

村山課長補佐は、自分の席に戻っていた。

「同時に、香山弓江が共犯だってことも決まりでしょう。自分にはそれが、何とも気に入らないんです」

水木は寄りかかるところを捜したが、壁面にそうした余裕がまるでなかった。

「どうして、気に入らないんだ」

村山課長補佐は、白衣を脱いだ。

「香山弓江が共犯だなんてことは、あり得ないからですよ」

「そうかね」

「赤間と弓江には、接点がありません。赤間も弓江も、交《まじ》わることがない別の人生を、歩んできた男女なんです」

「断言できるのかね」

「できます。殺しに協力するとなれば、それ相応の理由がなければなりません。利害が一致する関係とか、よほど親密な関係とかでなければ、殺しの共犯を承知するはずがないでしょう」

「そういった関係が、微塵《みじん》も窺《うかが》えないわけだな」

「殺しの共犯を引き受けるような仲となると、世間の目を誤魔化《ごまか》すことは不可能です。まして、男と女ですからね」

「二人の関係なり、それ以前の接点なりを、必ず誰かが知っている。ひとりでも知っていれば、世間に広まる」

「そうなんです。ところが赤間と弓江には、接点らしきものがまるっきりありません。あの二人は、別世界の人間です。赤間と弓江は互いに、会ったこともない人間同士じゃないんですか」

「見も知らない二人が、殺しの共犯になるはずがない」

「それに赤間はどうやって、いつどこから香緒里の死体を埋めた場所を、弓江に知らせたのかってことです」

「午前四時に帰宅する前、携帯電話か公衆電話で……」

「弓江への直通電話というのがなくて、夜中だろうと明け方だろうと二ノ宮律子なる同居人が、電話に出るようです」

「帰宅してからの赤間は、電話をかけていないんだね」

「女房が起きていて、朝まで一緒だったそうです。そして午前八時半から、赤間は東京地検特捜部の監視下にあって間もなく逮捕《たいほ》され、以来今日まで東京拘置所に身柄を置いています」

「うん」

「弓江には、武笠久司という恋人がいるんです。弓江は十二年間も、武笠を愛し続けてきました。弓江にとっては、最初にして最後の恋かもしれません。弓江のほうが惚《ほ》れ込んでいるし、この世でいちばん大事な男といえそうです。そういう恋人のいる弓江が武笠以外の男のために、殺しの手伝いをするとはとても考えられませんよ」

「そうだな」

「十月二十七日から二十八日にかけての夜間は、例の寒波《かんぱ》の影響でひどく冷え込んだはずです。そんな寒さの中で死体を掘り起こしたり川の水でビニールシートの泥を洗い落としたり、どうしてそこまで弓江は苦労して赤間に尽くさなければならんのでしょうか」

「確かに、そのとおりだ」

「武笠のために弓江が、死体を運ぶことも厭《いと》わなかったというんであれば、理解できますがね」

「しかし、香山弓江は現に井出香緒里の死体を、東京から佐賀まで運んできているんだろう」

「それは、事実です。ですが、弓江が赤間に協力したという見方は、否定しなければなりません」

「そうなると、井出香緒里を殺したのは赤間であるというのも、否定されることになるだろうな」

「香緒里殺しも死体遺棄も、弓江の単独犯行という線を期待していたんですが……。香緒里と弓江のあいだにも接点が見当たらないし、香緒里が殺害された夜の弓江はマンションを一歩も出ていないんです」

「糸がかなり、こんがらかってきたようだね」

村山課長補佐は、鳴った電話機に手を伸ばした。

「遅くまで、お邪魔しました」

スリッパを脱いで、水木は靴にはき替えた。

水木警部補は、県警本部を出た。自宅へ向けて、車を走らせる。夜道には、人も車も減っている。水木の家は、佐賀市内の緑小路《みどりこうじ》にあった。

父親の遺産として、受け継いだ家である。建物がだいぶ古くなっていて、土地も庭という感じがしない。空地《あきち》に古い家が建っているというのが、水木家の印象だった。このところ水木は、木造の塀《へい》の傷《いた》みのひどさが気になっていた。

玄関には、妻の加代子《かよこ》が迎えに出る。高校生の娘と中学生の息子は、顔も見せなかった。慣れっこになっている水木は、そのことに不満も何も感じない。

「ご飯は……」

いつもと同じように、加代子が声をかけてくる。

「いらない」

水木の返事も、変わらなかった。

階段を軋《きし》ませて、水木は二階へ上がる。二階の八畳間《じょうま》が、水木の部屋であった。座卓《ざたく》の前に、座布団《ざぶとん》一枚が置かれている。それを見ると気持ちのうえで、水木警部補は水木正一郎に変身する。

スーツ、ワイシャツ、ネクタイをハンガーに吊《つ》るす。シャツ一枚になって、着物をまとう。靴下を脱ぎ捨てて、座布団にすわってから兵児帯《へこおび》をしめ直す。タイミングよく、加代子が熱い麦茶を運んでくる。

「わたし今日、病院へ行ってきましたよ」

加代子が、水木の正面に腰を落ち着けた。

「病院……？」

水木正一郎は一瞬、加代子がどこか具合が悪いのかと思った。

「九州医大病院」

加代子が、ポツリと答えた。

「そうか」

水木正一郎は、目を伏せていた。

九州医大病院と聞けば、石丸サト子の入院先だとわかる。加代子も石丸サト子と、十五年からの付き合いがある。加代子にはあまり、夫の従妹《いとこ》という意識がないようだった。親しい女同士として、加代子とサト子は仲がよかったのだ。

もちろん加代子は、かつての水木とサト子の大恋愛を承知している。しかし、いまさらそんなことを、問題にするような加代子ではない。水木と結婚する前から、加代子は過去にこだわっていなかった。

「サト子さん、意識不明だったわ。わたしが呼びかけても、通じなかった」

加代子は心配そうに、両手で顔を挟みつけた。

「そんなに、悪いのか」

水木は、意味もなく首をひねった。

「お医者さんの話だと、明日が峠《とうげ》だそうですよ」

「何とか峠を、越えられるだろう。サト子さんは、丈夫だから……」

「でもね、サト子さんは意識がなくても思い出したように、ときどき譫言《うわごと》みたいにあなたの名前を呼ぶんですってよ」

「病気と、戦っているんだろう」

「違う。いまのサト子さんは、天国を夢みているのよ。サト子さんには、青春時代の思い出を楽しむしかないんでしょうね。サト子さんの思い出には、あなたが登場する。だから、正一郎さんって呼ぶのよ」

「いい年をして、青春時代の夢とか思い出とかはないだろう」

「サト子さんはいまでも、あなたのことを忘れていないんでしょうね」

「彼女とは、従兄妹《いとこ》同士だ」

「ねえ、お見舞いに行くべきだわ」

「暇《ひま》がないって、何度も言っているじゃないか」

「三十分でいいから、顔を見せてあげてくださいよ。福岡までの往復を入れて、二時間三十分だわ」

「いまは、無理だ。それに意識不明だったら、おれだってこともわからない」

「サト子さん、死ぬかもしれないいんですよ。ただのお見舞いとは、違うんですからね」

「捜査が大きな山を迎えて、被疑者を落とすのに最も肝心《かんじん》な時期にさしかかっている。そういうときには、親の死に目にも会えないってことぐらい、よくわかっているだろう」

「薄情なのね」

「被疑者を落とすことを、何よりも優先する。それが、取調官の義務だ」

「冷酷《れいこく》だわ」

「何とでも言え」

「仕事の鬼」

「おれは、プロなんだ」

水木正一郎の胸には、痛みが湧き上がっていた。

「いいわ。明日も明後日も、わたしが病院に行きます」

加代子は立ち上がって、部屋から去っていった。

水木正一郎の脳裏《のうり》にも、青春時代の夢と思い出が蘇《よみがえ》っている。そこに描き出されるのは、二十代前半のサト子の姿であった。その笑顔は、青空のように明るい。サト子の姿態《したい》には、躍動感《やくどうかん》があふれている。若々しくて、健康なサト子だった。

だが、いまはどうすることもできない。仕事を投げ出して病院に駆けつけても、年齢と時代と現実が変わったことを確認するだけにすぎない。

何もしてやれない、申し訳ないと、水木正一郎は頭を下げていた。

3

朝が訪れると、十一月一日であった。

水木正一郎は、朝食抜きで家を出た。娘や息子はもとより、今朝は加代子も顔を見せなかった。水木のほうから、声をかけることもない。

水木は黙って、玄関の敷居《しきい》をまたぐ。今日も、空気が冷たい。深呼吸をすると、肺が凍《こお》りつくように感じられる。これから、有田署の捜査本部へ出勤する。

車に乗り込んで、エンジンをかける。とたんに、水木正一郎は水木警部補に戻る。雑念が消えて、水木の顔つきまでが変わる。事件に関する情報と資料だけが、水木警部補の頭の中にびっしりとファイルされる。

水木警部補は、みずから埼玉県の熊谷市へ赴《おもむ》きたいという思いに駆《か》られた。しかし、それは到底、望めないことであった。取調官は被疑者を、取り調べるのが任務である。

捜査に直接、加わることは許されない。捜査本部に常駐するのが、取調官というものだった。取調官は多数の捜査員が収集した情報に基づき、取調べの骨組みを築きながら被疑者を追いつめていく。

また取調官が被疑者から訊《き》き出したことの裏付け、関連事項の捜査となると一般の捜査員が引き受けるのであった。そのように取調官は捜査の中心にあっても、実際に自分で動くことはないのである。

有田署の捜査本部についた水木は、真っ先に荒川について調べてみることにした。調べるといっても急には、百科事典に目を通すぐらいのことしかできなかった。

――荒川は、関東山地の甲武信岳《こぶしだけ》に源《みなもと》を発している。甲武信岳はその名のとおり、甲《こう》州《しゅう》（山梨県）と武州《ぶしゅう》（埼玉県）と信州《しんしゅう》（長野県）の県境にあり、標高二千四百六十メートル。

荒川は埼玉県の秩父《ちちぶ》盆地で、峡谷《きょうこく》を抜け出る。長瀞《ながとろ》の景勝地《けいしょうち》を作ったのち、寄居町《よりいまち》で平野部にはいる。熊谷市では熊谷堤《くまがやづつみ》に守られるが、それより下流は乱流地帯である。入間《いるまがわ》川系の和田吉野川《わだよしのがわ》の流路をたどり、多くの砂利採取場がある中流を経て、蛇行《だこう》を繰り返しながら東京都にはいる。赤羽《あかばね》で、荒川放水路と分流する。

荒川そのものは隅田川と呼ばれ、向島《むこうじま》や両国《りょうごく》をすぎて月島《つきしま》の付近で東京湾に注ぐ。全長、百四十四キロ。

――元荒川は、かつて荒川の本流であった。熊谷市までの流域は現在と変わらないが、それより下流は埼玉県東部の北葛飾郡《きたかつしか》で古利根川《ふるとねがわ》に合流した。

熊谷市の久下《くげ》には、新川河岸と称される河岸があった。このあたりから上流は水勢が強くて、引き船ができなかった。それで新川河岸が、荒川では最上流の河岸になっていたのだ。

新川河岸で船に乗ると、一晩のうちに江戸に到着した。五十艘《そう》からの四十石船が発着して、新川河岸は大いに賑わい、明治時代まで活気にあふれていたという。

だが、はるかむかしの寛永《かんえい》六年（一六二九）はいまから三百六十年ほど前、三代将軍家《いえ》光《みつ》の時代に関東郡代の伊奈忠治《いなただはる》が、荒川の治水《ちすい》工事を行なっている。

当時の荒川は熊谷あたりから、いく筋にも分かれて乱流し、氾濫《はんらん》しては流れを変えるという暴れ川であった。そこで洪水を防ぎ、そのうえ新田を増やすということを目的に、治水工事に取りかかったのだ。

荒川は、熊谷市の久下で締め切られた。荒川は、流域を変えた。分流を一筋にまとめて、和田吉野川筋から入間川に合流させたのである。この流路が、今日の荒川となっているのだった。

熊谷市の久下で締め切られた古い時代の荒川の下流は、現在の荒川から分離されたままいまに至っている。そうしたことにより、元荒川と名付けられた。

荒川と元荒川の水は、まったくつながっていない。熊谷のあたりでは荒川に沿って、大河にほど遠い元荒川が流れている。それも両岸をコンクリートで固め、幅六、七メートルのクリークとなり、単なる用排水路を思わせる。

だが、数百メートル上流になると護岸《ごがん》のコンクリート壁も消え、水量の豊かな小川に一変して畑の中を縫《ぬ》うように流れている。この元荒川の上流は、ムサシトミヨが棲息することで知られている。

「元荒川というものが、だいたいわかった。想像も、できそうだ」

水木警部補は百科事典を、御子柴刑事の前に置いた。

「ですが、参考程度のことでしょう」

御子柴刑事は仕方なさそうに、百科事典の開かれているページに目を落とした。

「取調べには、役立たずだろうな。やっぱり現地へ足を運んで、手がかりを見つけないとね」

水木警部補は、どこにでもありそうな小川の流れる田園風景のほかに、頭に描くことができなかった。

「富沢班の誰かに、現地へ行ってもらったらどうです」

早くもつまらなそうに、百科事典を読む御子柴は頬杖《ほおづえ》を突いていた。

目の前の電話が鳴り、水木警部補がそれに出た。噂《うわさ》をすれば影というやつで、電話をかけてきたのは富沢班の磯貝刑事であった。定時連絡のようなもので、磯貝が吉報をもたらすとは期待しないほうがいい。

「こっちが椅子から転げ落ちるような報告、じゃあないよね」

水木警部補は、自嘲的な笑いを浮かべた。

「まあ、中間報告といったところです」

磯貝刑事の口調は、疲れきったように暗かった。

「何でもいいから、拝聴しますよ」

「まず赤間康次と香山弓江の接点ですが、これはまったく認められないと断言できそうです」

「やっぱりねえ」

「一日かけての聞き込みにも成果なしで、完全に行きづまっています」

「香山弓江と東西建設、弓江と熊谷市。このどっちも、結びつけようがないっていうわけだ」

「赤間と弓江が知り合うルート、人脈さえないんです。二人は別の世界で生きていて、縁《えん》もゆかりもなかった男女ですよ」

「香山弓江と井出香緒里の接点も、闇《やみ》の中ってところかね」

「こっちはまだ、真っ暗という結論を出していません。女同士となると、どんな接点があるのか見えてきませんからね。ただし、かなり薄暗いと思います」

「そう」

「次に、東京地検特捜部からの情報ですが……」

「赤間康次のことね」

「赤間は特捜部の取調べに対して、完全黙秘《もくひ》を続けているそうです」

「その完黙というのは、贈賄《ぞうわい》容疑についてだろうか」

「何もかもですよ。贈賄容疑はもちろんのこと、検事が井出香緒里殺害の件にちょっとでも触れようものなら、赤間は完全黙秘の態度を崩《くず》さなくなるそうです」

「赤間の口から香緒里殺しの自供は、引き出せないかもしれんな」

「赤間が予期していた以上にしたたかで、しぶといことには特捜部も驚いたようです。それで東京地検では、井出香緒里の死体を遺棄した被疑者を押えている佐賀県警さんに、頼るほかはなさそうだなんて冗談《じょうだん》が聞かれたみたいですね」

「東京地検特捜部に頼られたんじゃあ、こっちは萎縮《いしゅく》しちゃって手も足も出ない」

「しかし、赤間が完全黙秘を貫《つらぬ》き通すとなると、水木警部補が香山弓江を落とすしか手はありませんよ」

「わかっている。だけどそれはともかく、きみはいま熊谷にいるだろう」

「そうです」

「だったら、頼みがある」

「何でしょう」

「元荒川の上流というところへ、出向いてもらいたい」

「モトアラカワ……？」

「地元の人に、訊けばわかる。それも、ムサシトミヨが棲息しているあたりでないと、意味はないんだ」

「それは、何なんです」

「そいつも、土地の人に訊けばわかる」

「そこまで出向いて、どうするんですか」

「元荒川の上流のムサシトミヨが棲息しているあたりの地形、景色、特徴、印象、存在するものなんかを頭に入れて、詳《くわ》しく正確に報告してもらいたい」

「その狙《ねら》いは……？」

「そこが香緒里殺しの犯行現場、あるいはほかのことも含めた事件現場であるかもしれないからだ」

「ほんとですか！」

磯貝刑事が、悲鳴のような裏声を出した。

「頼られたおれが無事、香山弓江を落とせるように、よろしく頼む」

水木警部補は、一方的に電話を切った。

「責任重大ですね」

御子柴刑事はとっくに、百科事典へ目をやらなくなっていた。

「赤間が口を割らないとなると、香山弓江だけが望みの綱だ。一日でも早く、落城に持ち込まないと……」

水木警部補は、追いつめられているのは自分だという気がした。

「昨日、今日と、二日間の空白はもったいないですよ。香山弓江の事情聴取を、続けたほうがいいんじゃないですか」

御子柴刑事が、真顔で言った。

「攻め手がない。まだ味方の兵も武器も、不足している。いまのままで攻めても、敵の城は落ちない。弓江からは、ああ言えばこう言うの弁明と反論を聞かされるだけに終わってしまう」

水木は、首を振った。

「決め手がなければ、どうしてもそういうことになりますよ。しかし、そこに何とか突破《とっぱ》口《こう》を見つけるのが、落としの達人の腕の見せどころでしょう」

御子柴は、右足の貧乏揺すりを続けている。

「香山弓江は頭の回転が速くて、常に冷静でいる。そういうタイプの人間を混乱させるには、一気に攻め落とすことだった。そのうえで、殺している感情を蘇らせることができれば、弓江は必ず落ちる」

水木は空腹感を覚えて、昨日の夕方から何も食べていないことを思い出した。

「午後からでも、香山弓江を呼んだらどうですか」

御子柴は水木の命令を待つという顔で、電話を引き寄せた。

「おれも焦《あせ》っているのに、お前さんまで焦るんじゃない！」

水木は、声を大きくした。

「わかりました」

御子柴は、あわてて姿勢を正した。

「それに、おれは何か重大なことを、見落としている」

水木は、立ち上がった。

有田署を出て、水木は近くをぶらぶらしてみた。パン屋で、ドーナッツを売っていた。ドーナッツは、大好物である。水木警部補は、ドーナッツ三個と缶コーヒーを買った。ひとりでいたいし、誰もいないところで食べたかった。

結局、有田署の駐車場に停めてある自分の車、ということになる。水木は助手席にすわって、ドーナッツを次々に頰張《ほおば》った。よくは嚙《か》まずに、缶コーヒーで嚥下《えんげ》する。超短時間で、食事は終わる。

水木は、何となく落ち着かなかった。頭の中を泳いでいる魚が、一匹も網《あみ》にかからないのだ。魚が残らず、別々のことを考えている。どんなに努力しても、一カ所にまとまろうとはしない。

どこか、腑《ふ》に落ちなかった。月光が射しているのに、月の位置がわからない。大事なものを忘れてきたくせに、大事なものが何かは記憶していない。そういうことで、水木の思考は堂々めぐりを続けている。

水木の頭に最も深く突き刺さっているのは、赤間康次と香山弓江の関係であった。いちおう、両者間には接点がないという答えが出ている。

さっきの電話で磯貝刑事は、別世界に住む人間であり縁もゆかりもない男女と断言した。水木自身も、同じ考えだった。赤間と弓江が協力する理由も、人生の過程も生活の背景も認められないのである。

しかし、井出香緒里殺害の犯人が赤間だということは、いまや否定できなくなっている。香緒里殺害と死体遺棄は一貫して弓江の単独犯行という見方を、水木も取り消さなければならなくなっていた。

香緒里殺しに関して、弓江にはアリバイがある。そして逆に、香緒里の死体を掘り出して移送したという犯行になると、弓江にはアリバイがない。

そうなると赤間が殺害を、弓江が死体の運搬と遺棄を、それぞれ分担したことは明白であった。赤間と弓江は、間違いなく協力している。役割を分け合った共犯者同士が、みごとな連係プレイをやってのけた。

現在、赤間は東京地検特捜部に、弓江は佐賀地検によって身柄を拘束されている。だが、赤間は犯行を否定するどころか、完全黙秘で取調べにも応じていない。

一方の弓江にしても、死体遺棄を認めずにいる。これもまた危機を乗り越えるために、心をひとつにしている共犯の男女の姿なのだろうか。

水木は、そうは思わない。

赤間が、香緒里を殺した。弓江が、香緒里の死体を遠くへ運んで遺棄した。これはおそらく、動かせない事実だろう。しかし、赤間と弓江は共犯ということにならないのだ。

そのような大矛盾《だいむじゅん》を、いまの水木は抱え込んでいる。大矛盾は、水木の頭に深く突き刺さっていた。刺さったことの痛みも、水木は感じていた。

それでいて、刺さっている場所がはっきりしない。そこに、何かがある。見えているようで見えないものが、漠然《ばくぜん》とした輪郭《りんかく》を現わしているのだった。

肝心なことを、水木は見逃している。もっと大きな問題点を、水木は見落としている。

たとえば事情聴取の途中で、弓江が態度を豹変《ひょうへん》させた一瞬があった。

それまで能面のような顔でいた弓江が、突如《とつじょ》として笑ったのである。弓江の声も、明るくなっていた。まるで喉のつかえが取れたように、弓江は陰から陽へと一変したのだった。

そのことにしても、水木は何か見落としている。あのときは井出香緒里を知っているかと水木が質問して、見たことも聞いたこともないと弓江が答えた直後である。

「井出香緒里なんて、まったく無関係な人間ですか」

「そのとおりですわ」

弓江の突然変異の原因は、このやりとりに秘められていた。そうだとしたら、いったい何があるんだ。そんなふうに思ったとたん、水木はとんでもない空想に捉《とら》われていた。

いや、空想であろうと、ひとつの考えには違いない。絶対にあり得ないことではないだろうと、水木警部補は蹴飛《けと》ばすように助手席のドアをあけた。

4

午後四時に、東京にいる副島班からファックスが届いた。今回も、一枚や二枚のファックスではない。副島班の捜査員たちは、電話よりもファックスを愛用する。多分、地名などが正確に伝わるようにと、気遣《きづか》ってのことだろう。

今日のファックスには、武笠久司についての報告が記されていた。誰が書いたのか、字が細かくて読みにくい。水木警部補は、ルーペを使うことにした。

武笠久司の行方《ゆくえ》は、いまもなお判明していない。武笠久司がどうしてマンション・エスニックに戻ってこないのか、その理由もわかってはいない。

しかし、武笠久司の友人知人からの聞き込みにより、彼の行動の一部が明らかになった。今年、武笠と恋仲になった綾部マリ（24）は、東都《とうと》ファイン・セラミックスの会長の三女。

東都ファイン・セラミックスは、コンデンサー、パッケージ、IC基板などの商品化で知られる企業。その企業の会長である綾部氏は、確かに資産家といえる。

したがって、綾部マリが金持ちのお嬢さんというのも、決して嘘ではない。だが、綾部マリそのものを、良家の子女とは言いがたい。

マリは二十ぐらいのころから自由奔放《ほんぽう》な生活を求め、ほとんど家に寄りつかなかった。二十一歳のとき、勝手に大学を退学したために激怒した父親から、家に出入りすることを厳しく禁じられた。

いわば勘当《かんどう》の身となったマリは以来、放浪癖《ほうろうへき》も加わって親兄弟と一度も会っていない。マリは父親の顔と名前を利用し、金銭をタカッたり借金を重ねたりして、放蕩無頼《ほうとうぶらい》な生活を営んできた。

もちろん、男に金をせびることも少なくない。男と肉体関係を持てば、半《なか》ば売春行為となる。それでいてマリは、金持ちの娘という意識を捨てきれない。

それでマリは都内の一流ホテルを、転々と泊まり歩いている。わがままに育てられ、自己中心的で気が強いというマリは、あまり人に好かれていない。

そんなマリが珍しく、武笠久司には本気になった。遊び仲間に紹介されたときから、マリは武笠のことが忘れられなくなったらしい。今年の五月末から、武笠とマリは肉体関係を続けている。

武笠がマリと一緒に泊まるのは都心のホテルだが、ほかにも綾部家の別荘というのがある。綾部家の人々は箱根《はこね》、軽井沢《かるいざわ》の別荘を使っている。

ほかにもう一軒、使われていない別荘があった。マリはそこへ武笠を、よく連れていったという。その別荘は、群馬県の榛名湖畔《はるなこはん》にある。

群馬県には赤城山《あかぎさん》、榛名山、妙義山《みょうぎさん》があって、これを上毛三山《じょうもう》と総称《そうしょう》している。上毛とは上毛野《かみつけの》の略であり、上野国《こうずけのくに》つまり群馬県のことだそうだ。

その榛名山の山頂に榛名湖があり、観光地として知られている。伊香保温泉も、榛名山の中腹にある。

十月二十五日の夜、香山弓江は武笠の電話で呼び出された。そのとき香山弓江は二ノ宮律子に、次のように言って出かけている。

「いま群馬県の伊香保温泉にいるから、すぐに迎えにこいですって。わたくし、行ってきます」

だが、香山弓江が目ざしたところは、伊香保温泉ではなかったと思われる。同じ榛名山にあるとすれば、武笠はわが家のような綾部山荘に泊まる可能性が強い。

香山弓江は、榛名湖畔の綾部家の別荘などと二ノ宮律子に説明したくなかったので、咄嗟《とっさ》に同じ榛名山にある伊香保温泉ということにしたのだろう。

念のため副島班の佐々木《ささき》、江口《えぐち》両刑事を榛名湖畔に派遣した。三十分前に、榛名湖畔にいる佐々木刑事から電話連絡があった。それによると、綾部家の別荘は山荘風の造りで、かなり古びているという。

榛名湖の北岸に位置する綾部山荘の近くに人家はないが、私道として舗装《ほそう》された道路が通じている。山荘の駐車場に、車は停めてない。

玄関のドアには施錠《せじょう》され、チャイムを鳴らしても応答なし。人の気配がないし、無人の山荘と確認した。武笠も綾部マリも、ここには立ち寄っていない。

武笠久司は、どこに身をひそめているのか。二人そろって常識はずれで軽薄な武笠とマリのことだから、恋の逃避行《とうひこう》を楽しんで地方の温泉にでも滞在しているのか。

あるいは、二人で失踪《しっそう》を企《くわだ》てたのか。そうでなければ、何者かに拉致《らち》されたうえ監禁されているのか。副島班は今後も、武笠久司の行方を追う。

追記　残念なことだが香山弓江と赤間康次との接点だが、十三年間も弓江に付き添っている二ノ宮律子でさえ、まったく心当たりがないという。

このファックスの記述を熟読して、水木警部補は大いに勇気づけられた。一歩前進したという満足感も、水木にちょっぴり余裕を与えた。

水木の思いつきというか、とんでもない空想が次第に現実味を帯びてくる。空想が、推定になりつつある。そのようにファックスの文面が、水木警部補に自信を持たせたのだった。

関東より日没が遅い九州西部にも、やがて夜が訪れる。水木も御子柴も、まだ夕食はすんでいない。情報と資料の整理に時間がかかり、それらを残らず暗記するのも容易なことではない。

夜遅くまで、時間を取られるだろう。明日の事情聴取の準備を終えてから、仕出し弁当を食べて一風呂《ひとふろ》浴びて眠るのだ。水木と御子柴は、数十人の刑事とともに捜査本部に泊まり込む。

有田署の仮眠室はいっぱいになるので、いつもソファに横になって毛布をひっかぶる。そうするまでには、まだ五、六時間ある。石丸サト子のことが、頭の中でチラチラした。水木警部補はそれを追い払いながら、少しずつ不安が強まっているのを感ずる。

八時になって、熊谷の磯貝刑事から電話がかかった。

「元荒川について、調べてきました。日暮れまでの三時間を、この調査のために費《つい》やしましたよ」

磯貝刑事の手もとで、すれ合う紙の音が聞こえた。

「ご苦労さん」

水木警部補は、コップに残っていたジュースを飲んだ。

「久しいに下という字を書いてクゲと読むんですが、警部補はこの熊谷市内の地名を知っていますね」

「うん、知っている」

「荒川にも久下橋《くげばし》というのが架《か》かっているし、この久下というところは歴史が古いようですね」

「そうだろうな」

「元荒川はその久下のあたりで、荒川の堤防のすぐ北側を流れています。それも東寄りの元荒川は護岸が完璧《かんぺき》で、コンクリートのクリークになっています。味もそっけもない用水路か排水路の感じで、川という印象じゃありません」

「見るべきは、そこより上流の元荒川なんだよ」

「そうなんです。そこから数百メートルも上流へ溯《さかのぼ》ると、様子が一変するんで驚かされます。コンクリートのクリークじゃなくなって、いかにも川らしい川になります」

「やっぱり、そうだったか」

「川幅は、あまり広くありません。まあ、小川の部類でしょう。しかし、素晴らしい清流でしてね。あんなに水が澄んでいる川っていうのは、佐賀県でも山奥でないと見つからんでしょう」

「川岸は、どうなっているんだ」

「自然のままですよ。川岸は、草に覆《おお》われています。ところどころに、木が生《は》えていました」

「水面は、低いのかね」

「いや、小川の底を水がチョロチョロと、流れているなんてもんじゃありません。水量が豊かで、小川ではあってもあふれんばかりの清流です」

「川はそれほど深くないけど、水に満ちているってことか」

「そうです。岸辺の草が、川面《かわも》に浸《つ》かっているくらいですからね。それに葉の長い水草がたっぷりと、澄みきった水の中に沈んでいて、流れにたなびくように漂っていましてね。まさしく、むかしの田舎《いなか》にあった湧き水の流れる小川ですよ」

「そんな清流がいまも、熊谷市内を流れているのか」

「近くに山や樹海《じゅかい》が見当たらないせいか、元荒川の上流を眺《なが》めていると違和感を覚えますよ」

「そこからさらに、上流へと溯ったら……」

「小さな養魚場がありました。主人の話だと元荒川の流れを利用して、コイ、ニジマス、イワナを飼っているということでした。そして、その近くに〝ムサシトミヨを守ろう〟という看板がありましたよ」

「看板には、どんなことが書いてあったんだ」

水木警部補は、筆記の準備をした。

「看板を、そっくり撮影したんです」

磯貝刑事は、写真の文字を読み上げた。

――世界で熊谷だけに棲息するムサシトミヨを守ろう。ムサシトミヨとは、トゲウオ科に属する淡水魚です。以前は埼玉県を中心とする武蔵地方で見られましたが、環境が悪化し、川が汚されてしまったので、現在では世界で熊谷にしか棲息していません。

――体の特徴は、全長4～6㎝ぐらいで、背ビレには8～11本の威嚇《いかく》用のトゲがあります。習性は、オスは産卵のために水草を集めてピンポン玉ぐらいの巣を作り、稚魚《ちぎょ》になるまで子を守ります。

――このようにムサシトミヨは貴重な魚であり、なおかつ絶滅寸前の状態なので、昭和59年8月1日に市の天然記念物に指定されました。私たちの手で、貴重なこの魚を守りましょう。熊谷市教育委員会・熊谷市ムサシトミヨをまもる会。

「看板は、以上です。さらにムサシトミヨは環境庁から、絶滅の恐れのある野生生物というのに指定され、四年前には埼玉県の県魚に選定されたそうです」

磯貝刑事は、説明を続けた。

地元の人から聞いた話では、東京・埼玉には湧き水が多かったという。関東地方では珍しい現象だが、それゆえに東京・埼玉がムサシトミヨの棲息地となった。

ところが、昭和三十年代の初めから、東京と埼玉各地のムサシトミヨが次々と姿を消すようになった。ムサシトミヨが生存するには、二つの最低条件がある。

水草のある清流。

摂氏《せっし》十七度以下という水温。

この条件は、湧き水によって満たされる。しかし、自然破壊により湧き水が、止まったり涸渇したりした。それで東京・埼玉の各地にいたムサシトミヨは、その大半が絶滅したのであった。

熊谷市の周辺も、湧き水が豊富だった。畑のあちこちから水が湧き出て、池を作り川へ流れ込んでいた。養魚場から二百メートルばかり上流に八町《はっちょう》というところがあり、その大雷神社《だいらいじんじゃ》の境内《けいだい》にも湧き水の出所があって、重箱池《じゅうばこいけ》と呼ばれる大きな池に注いでいた。

これが、かつての元荒川の水源であった。だが、大雷神社の湧き水も枯れてしまい、重箱池は水のない跡だけを残している。本来ならば元荒川のムサシトミヨも絶滅したはずだが、ある偶然が思わぬ幸運をもたらした。

昭和三十二年、大雷神社のすぐ近くに埼玉県水産試験場の支所が設置され、大量の地下水を汲《く》み上げるようになったのだ。つまり湧き水と同じ条件の地下水が、新しい水源となって元荒川を潤《うるお》したのである。これが、ある偶然であった。

この地下水のおかげで、元荒川の上流は水量も豊かな清流として蘇った。ムサシトミヨは、絶滅を免《まぬか》れた。その結果、熊谷市の元荒川の上流が、世界で唯一のムサシトミヨの棲息地となった。

「これは推測ですが、水源の水産試験場から六百メートルぐらいまでの元荒川の上流に限り、ムサシトミヨが棲息しているものとされています」

磯貝刑事は、そう結論づけた。

「その六百メートルの川岸の状況なんだが、人家は多くないんだろうね」

水木警部補は紙に鉛筆で、元荒川の上流の想像を描いていた。

「上流の岸辺に、人家は密集しておりません。人家が、点在している場所はあります。近くに人家はなく、畑と原っぱだけというところもあります」

「道路は、どうだろう」

「一部で道路が、川に接近することもあります。ですが、岸のほとんどは舗装道路から離れています。川っぷちの農道や原っぱには、車を乗り入れることができます」

「真夜中に、人目につくことがあるだろうか」

「まず、ないでしょう。夜遅くなったら、無人の世界ですよ」

「川の近くに、自然の池みたいなものがあるかね」

「まったく、ありませんでした。ムサシトミヨがいるのは、あくまで元荒川の上流だけですよ」

「すると死体を包んだビニールシートを洗うとしたら、元荒川の水を使うほかはないんだな」

「見つかったら、大変ですよ。家庭排水を流さない、周囲の自然を壊さないって、保護活動が厳しい元荒川の上流ですからね」

「ずいぶん、参考になった。どうも、ありがとう」

「香山弓江ですが、情けは無用ですよ」

磯貝刑事は、冷やかすように笑った。

「間もなく、決着がつくさ」

電話を切ると同時にもう一方の手で、水木警部補は御子柴刑事の肩を叩《たた》いた。

「明日、香山弓江を呼ぼう。午後一時から、二度目のご対面だ」

水木警部補は、鉛筆を口にくわえた。

「朝からじゃなくて、いいんですか」

御子柴刑事は、緊張した面持《おもも》ちになっていた。

「明日は、揺さぶりをかけてみる。それで、明後日には落とす」

水木警部補は、口にくわえた鉛筆を遠くへ吹き飛ばした。

5

十一月二日、木曜日。

正午をすぎて間もなく、香山弓江が有田署に到着した。佐賀市と有田町のあいだを、婦人警官二人が付き添ってパトカーで往復することになる。

香山弓江は鳥栖署から身柄を移し、佐賀市の少年刑務所に設けられた拘置監に収監《しゅうかん》されたのだ。香山弓江は女であり、スター歌手という過去がある。

その点への配慮から鳥栖署の留置場を代用監獄《かんごく》にせず、佐賀少年刑務所の特設の拘置監を、裁判官が検事勾留《こうりゅう》の場所に指定したのだろう。弓江はすでに、留置場と拘置監に四泊したことになる。

それにしては、元気だという印象を受ける。顔色も普通であり、憔悴《しょうすい》しているようには見えなかった。赤いブラウス、ピンクのセーターとカーディガン、黒のサイクリング・パンツと服装も一変している。

二ノ宮律子が東京から駆けつけて、衣類の差し入れをしたのだろうか。そうでなければニュースで弓江の逮捕を知ったむかしのファン、あるいはもっと大物の差し入れかもしれない。

変わらないのは、ボブ・スタイルの髪の毛であった。サングラスの使用は許されないので、今日も弓江はメガネをかけていない。第二取調室での事情聴取に立ち会う婦人警官は、三十年配で見るからに厳しい顔つきが特徴となっている。

午後一時に、水木警部補と御子柴刑事は取調室へはいった。二人はそれぞれ、取調官と補助官の所定の席につく。水木と弓江は、机を挟んで会釈《えしやく》を交《か》わした。

「始めましょう」

水木警部補は、すぐに口を開いた。

「泉山磁石場でああしたろう、こうしたろうという質問の続きでしたら、勘弁《かんべん》していただきたいと思います。水掛け論になってしまって、一歩も進展しませんもの」

弓江は、目を除いた顔で笑っていた。

心から笑えないときの人間は、どうしても眼球がガラス玉になる。しかし、そうだとしても弓江は、最初から挑戦的だった。余裕たっぷりである。

「そうですね、質問を変えましょう」

水木は、逆《さか》らわなかった。

「助かります」

弓江は、ややオーバーに溜息《ためいき》をついた。

「今日は、井出香緒里の初七日ってことになりますね」

水木は、弓江の目を見据《みす》えた。

「亡くなった人には、誰だろうと初七日があります」

弓江は憎まれ口とも思える言葉で、水木警部補のジャブを軽く躱《かわ》した。

「井出香緒里の初七日なんて、どうってことないですか。感じることは、何もありませんか」

水木は、椅子の背にもたれた。

「お気の毒に、とは思います。ですけど井出さんって方を、わたくしほんとに存じ上げないんです。見も知らない赤の他人の初七日なんて、気にもかけないのが人間ってものでしょう」

またしても弓江の巧《たく》みな弁舌が、火蓋《ひぶた》を切りそうな気配だった。

「香山さんは、財界人に知り合いが多いそうですね」

水木は、話題を変えた。

「ええ。何人かの方々と、親しくさせていただいております」

今度は、弓江の目がチラッと笑った。

「みなさん、例の〝縁切り〟を歌った香川弓子時代に、後援会を作ってくれた財界人たちですね」

「そういうことになります」

「その財界の後援会の中に、東西建設の会長か社長、もしくは重役というのがいませんでしたか」

「東西建設……」

「最大手のゼネコンです」

「社名は、よく知っています。ですけど、東西建設の会長さん、社長さん、その他の役員の方々のお名前というのは、わたくしの記憶にありません」

「つまり、東西建設のお偉方《えらがた》は香川弓子の財界後援会には、ひとりも参加していなかったってことですか」

「そうだと、思いますけど……。東西建設の方からは、名刺もいただいておりません。それは、お付き合いが全然なかったからなんでしょうね」

「東西建設とは、完全に縁がなかったんですね」

「ありませんでした」

「埼玉県の熊谷市に、東西建設の北関東支社があります」

「そうですか」

「知りませんか」

「そんなことまで、知ってっこありません。わたくし、建設業界の人間ではないんです」

「北関東支社長は、赤間康次といいます。この赤間康次と、香山さんは知り合いじゃないんですか」

「とんでもない。わたくしがどうして、その方と知り合わなければならないんでしょう。東西建設には、縁がございません。まして北関東支社なんて、わたくし聞いたこともありません」

「誰かに赤間康次を、紹介されて知り合ったとか……」

「記憶にないんですから、あり得ないことでしょう。わたくしのこれまでの人生の記録に、赤間さんという名前はいっさい載っていないってことです」

「熊谷市ってところを、香山さんは知っていますかね」

「残念なことに、一度も行ったことがありません。通ったことは、何度かありました。でも、熊谷市に立ち寄る機会というのが、一度もなかったんです」

「なるほど」

「赤間さんも熊谷市も、わたくしには無関係です。それなのに、なぜそんなことをお尋《たず》ねになるんですか」

「それが、実は重大なことでしてね」

「どう、重大なんですか」

「この有田町の泉山磁石場へ運ばれた他殺死体の身元は、東京都台東区池之端のマンションに住む井出香緒里とわかりました」

「それは、伺《うかが》っております」

「その井出香緒里の勤務先が、埼玉県熊谷市の東西建設北関東支社だったんですよ。井出香緒里は、赤間支社長の公私を兼ねた秘書でした」

「公私を兼ねた秘書ですか」

「井出香緒里は支社長の秘書であると同時に、赤間と不倫な関係にあったんです。そういうことで赤間には、井出香緒里を殺す動機ありとされました」

「そうなんですか」

「井出香緒里の死体遺棄事件の捜査本部としては、井出殺害を含めてあなたを疑ったわけです。それでこうして重要参考人のあなたから、事情を聴取しているんですが……。その後の捜査で、井出殺害は赤間の犯行という疑いが濃厚になりましてね。いや、疑いが濃厚どころか、赤間の犯行と断定してもいいような状況なんです」

「だから……？」

「井出香緒里の殺害に関してのみ、あなたはシロということになりそうなんですよ。あなたは井出香緒里の死体遺棄に限り、重要参考人と見なされることになります」

「ほんとうに、そう考えていらっしゃるんですか」

「当然でしょう」

「でしたらどうして井出さんの初七日なのに、何も感じないのかなんて質問をしたんですか」

「井出香緒里を殺害しなかったにしろ、その死体を遠く佐賀まで運んで遺棄したのは、間違いなくあなたであるとわれわれは見ていますからね」

「殺害の疑いが晴れたんでしたら、死体遺棄に関してもシロになるんじゃないでしょうか。赤間さんという何の関係もない人が殺した女性の死体を、わたくしが佐賀県まで運んで地面に埋めたりするはずはありません。わたくしは人を殺したりも、死体を運んだりもしていないんです」

「あなたが運んでないとしたら、誰が井出香緒里の死体を佐賀県のこの有田町まで運んできたんですかね」

「赤間っていう人が、殺したあとで死体を始末した。そう考えるのが、常識じゃないんですか」

「残念なことに、赤間にはそうする暇がなかった」

「どうしてなんです」

「井出香緒里が殺害されたのは、十月二十七日の午前一時から三時までのあいだと推定されますが、朝になって赤間は東京地検特捜部に逮捕されているんです。そのときの赤間は、まだ熊谷市の自宅にいましてね」

「赤間っていう人、もう逮捕されているんですか」

「十月二十七日の午前中から、赤間は東京拘置所にいます。容疑は政治家への贈賄と、井出香緒里の殺害です。赤間の自供は、時間の問題でしょう」

最後の部分だけは、水木が心にもないことを付け加えたのであった。

赤間の自供は時間の問題などと、水木警部補は思ってもいないのだ。赤間は会社への忠誠のために、自分の人生のすべてを賭《か》けている。ちょっとやそっとでは、自白しないはずである。

そうと承知のうえで、水木があえて赤間の自供は時間の問題と強調したのは、弓江に対する心理作戦であった。赤間の自供を、弓江は恐れるに違いない。そのように、水木は見通していたのだった。

「そうですか」

果たして弓江の表情は、少しも緩《ゆる》まなかった。

それなりの効果があったと、水木警部補は踏んでいた。これが、揺さぶりをかけるというやつである。今日の事情聴取では、収穫がなかろうと一向《いっこう》に構《かま》わない。明日の決戦に備えて、弓江を動揺させるのが水木の狙いであった。

「どうしました、香山さん。浮かない顔をしていますね」

水木警部補は、追い討ちをかける。

「そんなふうに、見えますか」

気を取り直そうとしたようだが、弓江の眼差《まなざ》しは明るくならなかった。

「殺人の疑いは晴れたんだから、本来ならばホッとするんじゃないんですか。それなのにあなたは、さっきよりずっと不安そうですね。何か赤間の自供を恐れる理由が、あなたにはあるんですかね」

「勝手な想像は、やめていただきたいと思います」

「また別の質問にしてくれって、望んでいるんですか」

「ええ、そうしてください」

「じゃあ、話を変えましょう」

「申し訳ありません」

「武笠久司のことなんですが……」

「何の権利があって、武笠久司と呼び捨てにするんですか」

とたんに弓江は、態度を硬化させた。

一瞬にして弓江から、不安の色が消し飛んだ。代わってひどく戦闘的な弓江の眼光が、水木警部補の顔を突き刺していた。すごみさえ感じさせる怒りを、香山弓江は示したのである。

「これは、すまなかったですね」

水木は、頭に手をやった。

「武笠は、わたくしの愛する人というだけです。今度のことには、何の関係もありません。でしたらプライベートなことに、触れる必要はないでしょう」

「ですが武笠さんは、十月二十九日から行方不明になっていましてね。行方不明ってことになれば、われわれとしても何とかしなければなりませんよ」

「何とかしていただかなくても、結構ですわ。武笠には武笠の判断があって、行動しているんでしょうから……」

「あなたには武笠さんの居場所が、わかっているんでしょうな」

「存じません。武笠はきっと、わたくしが佐賀県で逮捕されたことを知って、逃げ出したんでしょう。武笠は、そういう人なんです」

「武笠さんは、あなたを見捨てたっていうことなんですか」

「そうかもしれません。とにかく、やめてください。武笠のことで、話し合うのはご免《めん》です。わたくし、もう何も言いません。事情聴取を、拒否します！」

香山弓江は、水木から目をそらせた。

「だいぶ、ヒステリックだな」

水木は、苦笑した。

弓江は、顔色が変わっている。化粧っ気がないので、血の気が引いたのを隠せない。白くなった唇《くちびる》が震えているし、いまにも泣き出しそうに目がすわっていた。興奮して、恐ろしいほどの形相《ぎようそう》だった。

弓江はそれっきり、水木の質問に答えなくなった。無言の行《ぎよう》を、弓江は続けた。取調べではないので黙秘《もくひ》というより、事情聴取に徹底して応じないのであった。弓江は、感情的になっている。

そうなると、冷静な弓江に戻るのを待つしかない。いったん頭に血がのぼると、意地でも口をきかないというタイプに弓江は属している。一時間後に、水木は事情聴取を打ち切った。

ただし、明日の午前九時から本格的な取調べにはいることを、水木警部補は弓江に通告した。それで水木に、不満はなかった。弓江が混乱して感情的になったのは、水木の揺さぶりが功《こう》を奏《そう》した証拠だからであった。

その夜、県警本部鑑識課・科学捜査研究室の村山課長補佐の声を、水木警部補は電話で聞いた。

「福岡、京都、東京と回ってきたうちの研究員が、たったいま戻ったところなんだがね。福岡大学の魚類生態学の教授も、京都大学の魚類系統発生学の助教授も、東京の第一人者とされるトミヨ研究家も、そろって例のトゲをムサシトミヨのものに間違いなしという鑑定結果を出してくれたよ。決まった、決まりだ」

村山課長補佐は、勝ち誇るような笑い声を立てた。

決定的な答えが、出たのであった。井出香緒里の死体を縛ったロープから採取されたトゲは、世界で熊谷市の元荒川だけに生存しているムサシトミヨのものと判明した。

これで井出香緒里を殺害もしくは死体の処理をした事件現場は、埼玉県熊谷市の元荒川の上流六百メートルの川岸と特定されたのである。

「明日になれば、香山弓江も落ちるぞ」

水木警部補は、御子柴刑事に小声でそう宣言した。

この夜遅くなって、水木警部補は佐賀市の自宅へ帰った。自宅でなければできないセレモニーを、行なうためであった。

第五章　死に別れを歌う

1

無人の家が、水木正一郎を待ち受けていた。水木は勝手口の合鍵《あいかぎ》しか、渡されていない。裏へ回って、ノブが取れそうな勝手口のドアをあける。ひんやりとした闇《やみ》の中に、台所があった。

しかし、茶の間の電気は、つけっぱなしになっている。妻、娘、息子の三人は、暗くなってから出かけたのに違いない。食卓にはラップをかぶせて、のり巻きが皿に盛られていた。

その横に、置き手紙があった。空腹ではないので、のり巻きのほうはどうでもよかった。だが、置き手紙となると、読まないわけにはいかない。水木はコートも脱がずにそれを手にして、達筆にはほど遠い加代子の字に目を走らせた。

サト子さんが明日いっぱい、持ちそうにないという連絡がありましたので、三人で福岡の病院へ行きます。子どもたちは明日が祝日だし、あなたの代理として連れていきます。今夜は病院に詰めていて、佐賀へは戻れません。

明日、有田署に電話を入れます。


水木は、吐息《といき》した。いよいよかという思いもあるが、あのサト子が死ぬとは信じがたいと首を振りたくなる。明日の夕方までに、香山弓江は陥落《かんらく》するだろう。明日の夜になれば、福岡の病院に駆けつけることができそうだった。

せめてそれまで生きていてもらいたいと、水木正一郎は手を合わせて祈った。十二時をすぎてから、水木は夜具にもぐり込んだ。なかなか、眠れそうにない。サト子の若い笑顔が、頭から離れなかった。

半《なか》ば夢の中にいて、半ば目覚めている。そんな状態が、何時間か続いたようである。やがて起き上がって、水木は時間を確かめた。不思議なことに、起床の予定でいた五時ぴったりであった。

真っ先に浴室へ足を運び、バスタブに湯を注ぐ。今日は必ず被疑者を落とすというときの水木には、このの早朝のセレモニーが欠かせなかった。水木はブリーフをはかずに、褌《ふんどし》湯がバスタブを満たすのを待ち、水木は浴室で歯を磨《みが》く。気がすむまで、嗽《うがい》を繰り返す。髭《ひげ》を剃《そ》り、顔と頭を洗う。全身を清めるように、石鹸《せっけん》を泡立ててヘチマクロスでこする。湯を惜しまずに、滝のように身体《からだ》に浴びせかける。

三度ほど、湯の中に裸身を沈めた。水木流の斎戒沐浴《さいかいもくよく》で、心身の汚れを落とすのであった。風呂《ふろ》から上がると、真っ白な木綿《もめん》の六尺褌をしめる。新品の六尺褌は、一度しか使わない。

褌のうえにシャツ、ワイシャツ、セーター、スーツを着込んだ。ネクタイも、忘れなかった。仏壇《ぶつだん》の前にすわって、水木は合掌《がっしょう》する。これで、儀式は終わる。

水木の士気《しき》は高揚《こうよう》され、意欲的になっている。取調官としての責任を、自覚しないではいられない。水木正一郎はこのセレモニーを、取調官という刑事の美学だとむかしから考えていた。

食事は、抜きだった。コートだけを抱えて、勝手口から外へ出る。水木は、乗用車のハンドルを握った。まだ薄暗い中を、有田町へと出発する。出陣という心境だが、水木は低速で車を走らせた。

思索《しさく》の時間であり、水木は香山弓江への質問をまとめる。それに対する香山弓江の答えを、いく通りも想定した。香山弓江が沈黙に徹した場合の対策、それに作戦も練り上げなければならない。

今日は文化の日、国民の祝日であった。そのせいか普段より、長崎自動車道路には車の数が多かった。他県のナンバーが、目立っている。佐賀県か長崎県の観光地へ、家族連れで向かうのだろう。

人によっては、明日の土曜日を含めて三連休になるのだ。しかし、捜査本部というものは、休日に縁がない。一般市民が遊んでいるのを見せつけられることには、もう慣れっこになっていた。

午前七時に、有田署に到着した。昨夜から有田署に泊まり込んでいた御子柴刑事は、すでに捜査本部に姿を見せている。水木と御子柴は顔を合わせたが、互いにニコリともしなかった。

「おはよう」

「ご苦労さんです」

言葉のほうも、それだけであった。御子柴刑事も、いかに重大な日を迎えたか十分に承知している。水木警部補が燃えていることは、目つきでわかる。人が変わったような水木に、御子柴刑事は恐怖を覚えるのだ。

水木警部補は念のために、全資料を読み返した。それをすべて、記憶に刻《きざ》み込む。水木の頭の中で、取調べの設計図ができあがった。さらにいくつかのブロックに分けた資料を、基本的な攻め手として組み立てていく。

その作業に、二時間を要した。午前九時になって、東京から連絡がはいった。富沢班によると赤間康次は、いまなお完全黙秘《もくひ》を続けているという。副島班からの情報は、武笠久司の行方《ゆくえ》がつかめないということだった。

ますます、水木の責任が重くなる。水木の取調べで、香山弓江を落とすほかに道がない。いまのままでは東京地検特捜部のほうも、手詰《てづ》まりとなって捜査の進展に結びつかなくなる。

午前九時二十分に、水木警部補と御子柴刑事は第二取調室へはいった。昨日と変わらない服装で、テーブルの向こう側に香山弓江がいた。その斜《なな》め後ろにいる若い婦人警官が立ち上がって一礼した。

水木警部補と御子柴刑事は、それぞれ取調官と補助官の席につく。香山弓江は水木と、目を合わさずにいた。昨日までの水木と違っているという印象を、香山弓江も受けたのに違いない。

明日は本格的な取調べになるという昨日の水木の予告も、香山弓江を不安にさせているのだろう。今朝の水木は笑わないし眼光も鋭いと、香山弓江は構《かま》えずにいられないのである。

「よく、寝ましたか」

水木警部補の声には、およそ威圧感らしきものが含まれていない。

「もう拘置監にも慣れましたので、よく寝られるようになりました」

香山弓江は水木の目を避けて、机のうえに視線を落としていた。

「それは、結構だ。自分は昨夜、眠れなくって参りましたよ」

実際に水木の眼球は赤く濁《にご》って、睡眠不足を物語っている。

「不眠症ですか」

香山弓江は何かほかのことを、考えているような顔つきでいた。

「あなたが素直に、話してくれないからでしょう。おかげで、自分は神経衰弱になりそうです」

水木はポケットから、キャンデーの小型の缶を取り出した。

「でしたら、事情聴取なんてやめればいいんじゃないんですか」

香山弓江は珍しそうに、キャンデーの缶を見やった。

「そうは、いきませんよ。あなたが何もかも喋《しゃべ》ってくれるまで、取調べは終わらんのですからね」

水木は机のうえに、キャンデーの缶を置いた。

「わたくしには、お話しすることなんて何もありません」

弓江は、天井を見上げた。

「そうではないみたいですよ。たとえば、アリバイっていうのはどうでしょう。十月二十七日の夜九時からの五時間を、あなたはどこで過ごしたんですか」

水木の巧《たく》みな取調べは、極《きわ》めて自然に質問へと移っていく。

「十月二十七日の夜って……」

弓江は反射的に、水木の目に視線を固定させた。

「十月二十七日の夜九時に帰宅したあなたは、その足ですぐに出かけましたね。二ノ宮律子さんの証言によると、あなたがマンションに戻ってきたのは真夜中の午前二時。あなたはドライブをすると称して出かけたそうですが、その五時間の空白について話してもらえませんか」

キャンデーの缶の十円硬貨ほどの蓋《ふた》を、水木警部補は取り除いた。

「二ノ宮さんが、そんなことまで警察に話したんですか」

弓江は、茫然《ぼうぜん》となっていた。

「事件に少しでもかかわりのある人は、警察に協力してくれるのが常識です。二ノ宮律子にすれば、隠す必要がないことですからね」

水木警部補は、無表情であった。

「実の姉妹以上に仲がよくて、あんなに尽《つ》くしてくれた二ノ宮さんなのに……」

幻想の中に見る女のように、香山弓江は神秘的に色が白くなっていた。

「あなたに都合の悪いことは、黙っているはずの二ノ宮さんだと信じきるのはいいんですが、それはちゃんと口止めをしておかなければ無理でしょう。二ノ宮さんには、これは黙っていないとあなたにとって不利になるとか、そんなことがわかりっこありませんからね。二ノ宮さんが裏切ったなんて、思わないほうがいいですよ」

 やや早口になったせいか、水木の語調は冷たく感じられた。

「十月二十七日のアリバイの証明が、どうして必要なんでしょう」

「あなたにとっても、重大なことだからですよ」

「わたくしは、ただ……」

「ドライブに出かけただけだと、言うんでしょうね」

「事実、そうなんです」

「あなたは夜の九時に、ホテルの事務所からマンションへ帰ってきた。あなたはそこで、マンションにいるとばかり思っていた武笠久司さんが不在であることを知って、失望の色を隠せなかった」

「失望したなんてことは、わたくしにしかわからない気持ちの問題でしょ」

「これは、二ノ宮さんの観察です。十三年間も一緒に暮らしていて、実の姉妹以上に仲がよかった二ノ宮さんには、あなたの胸のうちが読めるんじゃないんですか。その二ノ宮さんが、あなたはひどく失望したようだったと言っているんです」

「わかりました。そのように見えたんだったら、それでも結構です」

「どうして、あなたはそんなに失望したんでしょうね」

「家にいるはずの愛する人が、帰宅してみたら留守にしていた。そうなれば誰だって、がっかりするんじゃありません？」

「だとしたら家にいて、愛する人が戻ってくるのを、待とうとするんじゃないんですかね。そうでなければ、愛する人がどこへ出かけたのかを、真っ先に知りたがるんじゃないですか」

「武笠は、ブラブラしている人間です。行動というものをいっさい、拘束《こうそく》されない自由人なんです。そういう武笠が黙って出かけたとなると、彼の行き先はもう調べようも捜しようもありません」

「武笠さんの帰りを待っていても、仕方がないってことですか」

「そうです」

「それにしても、あなたはいったんマンションへ帰ってきたんですよ。コートを脱いだり、コーヒー一杯ぐらい飲んだりしたっていいじゃないですか」

「おそらく武笠が出かけたと聞かされて、そんな気持ちの余裕がなくなったんでしょうね」

「あなたがマンションへ帰ってきて、二ノ宮さんと交わした言葉はほんの二言か三言だったそうですね」

「覚えていません」

「そのあと、気晴らしにドライブしてくる、明日は久しぶりに佐賀県まで行く、有田の思い出の場所で今後のことを考えてみたい、帰りに津山の従姉《いとこ》のところに寄ってくる、と二ノ宮さんに伝えてあなたは部屋を出ていった。あなたがマンションへ帰ってきてから一、二分後のことだったって、二ノ宮さんは言っていますがね」

「そのとおりだと、思います」

「ドライブですが、どのあたりを走ったんです」

「あちこちでした」

「あちこちとは……」

「都心も走りましたし、そのあとは横浜・鎌倉《かまくら》・藤沢《ふじさわ》あたりをドライブしたんです」

「五時間をかけたドライブだってことを、お忘れなく」

「ゆっくりと走って、夜景が美しいところでは車を停めることになります。それに往復ですから、意外に時間がかかるんです」

「どこか、人のいるところに寄りましたか。レストラン、ドライブイン、ガソリンスタンドでもいいんですがね」

「いいえ」

「どこにも、寄らなかったんですか」

「残念なことに、どこへも寄りませんでしたわ」

「トイレは、どうしたんです」

「必要ありませんでした」

「五時間ですよ」

「でも、必要としなかったんです」

「よほど、気が張り詰めていたんだ。いやね、人間は極度に気持ちが張り詰めていると、何時間だろうと尿意《にょうい》を催《もよお》さないんですよ。緊張していると逆にトイレへ行きたくなるんですが、それ以上に気持ちが張り詰めた場合は、尿意そのものが念頭から消えてしまうんでしょう」

「わたくしは気晴らしのためのドライブ中でしたから、とてもリラックスしておりましたけどね」

「誰とも会わずに、連れもいなかった。あなたは、最初から最後までひとりだった」

「ええ」

「要するに、あなたが五時間もドライブしていたことを、証明できる人間はひとりもいないんですな」

「そういうことになります」

「気晴らしのためのドライブだからリラックスしていたと、あなたは言いました。しかし、どうして夜中の二時まで五時間も、ドライブする必要があったんです」

「ドライブをする必要なんて、もともとないものだと思いますわ。ドライブをしたいから、するんでしょうね。何時間ドライブしようかって、そんな計算もありません」

「翌朝、旅行に出発する。そうなったら前の晩はできるだけ早く寝ようと心掛けるのが、人間の常識というものでしょう。それなのにあなたは午前二時まで、さして必要でもないドライブに出かけていた。まさに、非常識ですよ」

「そういう常識、非常識の線引きは、万人《ばんにん》に当てはまるとは限りません」

「まして、あなたは東京から佐賀の有田まで、二十時間をかけて走らなければならなかった。あなたは午前八時三十分にマンションを出発して、二十時間の長距離ドライバーの役目を果たすことになる。それにもかかわらず前夜にも五時間の無用なドライブをして、あなたは午前二時に帰宅している。これから不眠不休で二十時間の労働に耐《た》えなければならない人間が、わざわざ睡眠時間を五時間に縮めるんだったら、それはもう正気の沙汰《さた》とは言えんでしょう」

「好きなように、解釈してください」

「そうしましょう」

「えっ……」

意表をつかれたように、弓江は小さな声を発した。

「ドライブが事実であることは、証明できない。それに、あなたには佐賀県まで、運ばなければならない荷物があった。その死体という荷物を某所《ぼうしょ》で積み込むチャンスは、ドライブと称する前夜の五時間のほかにあり得ない。自分の解釈は、そういうことです」

水木警部補は身体の向きを変えて、半ば弓江に背中を見せるようにすわり直した。

「想像に基《もと》づくものは想像であって、解釈とは言えません！」

香山弓江が、怒声《どせい》を放った。

御子柴刑事が驚いたように振り向き、顔を上げた婦人警官も目を見はった。

2

今日の水木警部補は初めから、二ノ宮律子の証言というものを持ち出している。それが水木にとっては、新たな攻め手だったのである。ムサシトミヨのトゲによって、事件現場が特定されるという決定的な収穫を得ている。

それで弓江を一気に陥落させようと、水木警部補は戦術を転換させたのだ。二ノ宮律子、武笠久司、それにムサシトミヨの三者を武器として正面から、香山弓江を追いつめるという作戦であった。

この作戦は、すでに功《こう》を奏《そう》している。水木は昨日まで、二ノ宮律子についてまったく触れていない。二ノ宮律子という名前すら、出していなかった。

弓江のほうも二ノ宮律子が、余計なことを喋るはずはないと信じて疑わずにいた。だが、水木は今日になって突然、二ノ宮律子の証言というのを明らかにしながら、一気に核心に迫ろうとしている。

これは弓江にとって、痛手でありショックだった。二ノ宮律子が警察に協力しているとは、まさに青天《せいてん》の霹靂《へきれき》である。弓江は肉親に、裏切られたような思いを嚙《か》みしめる。二ノ宮律子の証言には不安を覚えるし、弓江に孤立感を与えるにも十分だった。

十月二十七日夜九時からの五時間の空白も、二ノ宮律子を通じて警察の知るところとなった。そのことを二ノ宮律子が黙っていてくれれば、弓江は何とか危機を乗り越えられたかもしれない。

そういう考えから、弓江は焦《あせ》らずにいられなくなる。この世に二人といない姉、頼れるマネージャー、純粋な情で結ばれた親友と信じていた二ノ宮律子に裏切られた、という後悔の念も弓江の心を動揺させる。

香山弓江が顔色を失っているのも、怒りの声を投げつけたのも、そうした気持ちの乱れが影響しているのだ。そのうえ挑戦的な言葉と、理屈の通った反論が減っていた。それは弓江が、守勢に転じたからであった。

「これ、どうです」

水木警部補は、キャンデーの缶を押しやった。

缶の中身はフルーツ、チョコレート、ハッカなどの色と香をつけた飴《あめ》である。むかしから、ドロップという名で親しまれてきた。水木も懐かしくて、たまに手に入れるようにしている。

香山弓江は、無言で横を向いた。

「想像による解釈は認められないっていうんなら、厳然たる事実に基づいた話をしましょうかね」

水木は缶の穴から手のうえに、一粒のドロップを落とした。

「そんなに立派な話が、ほんとうにあるんでしょうか」

弓江は警戒してか、眉間《みけん》に皺《しわ》を寄せていた。

「あなたは井出香緒里の死体と、まったくかかわりがないという」

メロンのつもりなのか緑色のドロップを、水木警部補は口の中に入れた。

「それが、どうしたっていうんです」

ボブ・スタイルの髪を、弓江は左右に揺らせた。

「つまり、有田町の泉山磁石場において全然、あなたと井出香緒里の遺棄された死体は、接触していないという主張ですね」

「わたくしは、事実を申し上げているのにすぎません」

「井出香緒里の死体の到着点に、あなたは関係ないんだとあくまで否定する」

「それも、事実です」

「じゃあ、出発点はどうなんでしょう」

「出発点……？」

「井出香緒里の死体の出発点ですが、これにもあなたは関係ないんですか」

「到着しない人間が、どうして出発するんですか」

「それを裏返せば、出発したから到着したってことになります。あなたも、そうでしょう。某所で井出香緒里の死体を積み込んだからこそ、あなたは佐賀県有田町の泉山磁石場に到着したんです」

「もう、たくさんです！　そういう安っぽい哲学か、禅問答《ぜんもんどう》みたいな話は……」

「何もそう怒ることはないと思いますよ」

「わたくし某所、某所って思わせぶりな言い方が大嫌いなんです。作り話じゃないんでしたら、某所っていったいどこなのか具体的に教えてください」

「待ってました」

「待ってましたって、それはどういうことですの」

「某所がどこなのか具体的に教えろっていう質問を、自分は待っていたんですよ。実は某所がどこなのか、われわれは承知しているんです」

「その手には、乗りません」

「某所がどうして知れたのか、簡単に説明しましょう。まず井出香緒里の死体を梱包《こんぽう》するのに使われたビニールシート、これが非常に丁寧に洗ってありましてね。多分、水で洗ったんでしょうな。ブラシやバケツを、使ったものと思われます」

「なぜ、そんなことをしたんです」

「ビニールシートごと、地面に埋めてあったからです。そのままだと、車の中が泥だらけになる」

「車のトランクルームは、使わないんですか」

「トランクルームにはブラシ、バケツ、スコップなんかを入れなければならない。ブラシに長い柄《え》が付いていたり、スコップも二本だったりすれば場所を取ります」

「まあ、そんなことはどうでもいいんですけど……」

「それにビニールシートに付いた泥を、なるたけ完全に落としたかったんじゃないんですか。何しろ佐賀県の有田町まで運んで、泉山磁石場の特殊な白磁鉱《はくじこう》の陶石の粉末をまじえた土の中に、死体を埋めるんですからね。ビニールシートにまるで異質の泥が付着していたら、たちまち死体をほかの土地から運んできたものと判断されます」

「また同じような話に、戻るんですか」

「つまり泥を落とすために、ビニールシートを水で洗ったわけです。しかし、当たり前なことですが、完璧《かんぺき》には洗い落とせない。少量ですが泉山にはない土も、ビニールシートを縛《しば》った部分とかロープの裏側とかから採取されました」

「その土が日本のどこのものか、調べればわかるんですか」

「いや、それは不可能でしょう」

「だったら、なぜ……」

「ロープの結び目から、奇妙なものが採取されました。肉眼では見つからないほど、微《かす》かな物質です」

「肉眼では、見つけられないもの」

「われわれは、そういうものを微物と呼んでいますが、その微物を現在の科学捜査は手がかりとして活《い》かします」

「何だったんですか」

「体長三、四センチぐらいの小さな魚の背びれのトゲで、これがムサシトミヨのものと特定されましてね」

「ムサシ……」

「トミヨです。このムサシトミヨの棲息地《せいそくち》は、世界にただ一カ所しかないんだそうですよ」

「それが、日本にあるんですの」

「ムサシトミヨの棲息地は、埼玉県熊谷市を流れる元荒川の上流六百メートルだけで、ほかには世界中どこにもありません」

「初めて、聞く話です」

「したがって事件現場も、同じところということになります。殺された井出香緒里が埋められていたのは、この一帯の川岸なんですよ。井出香緒里の死体を掘り出した人間は、泥まみれのビニールシートを元荒川の水で洗った。そのときムサシトミヨのトゲが、ビニールシートを縛ったロープの結び目に刺さったんです」

「だから某所というのは、埼玉県熊谷市の元荒川の上流ってことになるんですね」

「犯行現場はともかく、事件現場は完全に特定されたんですよ」

「結構なお話を、聞かせていただきましたわ」

香山弓江は、椅子の背に寄りかかった。

気の緩《ゆる》みを感じたように、香山弓江は肩を落としていた。香山弓江はそれを隠したかったのだろうが、安心感というのは自然に態度に表われるものだった。

「東京にいる捜査員がテストしたところ深夜であれば、白金台のマンション・エスニックと熊谷市の元荒川の上流とのあいだを往復したうえ、死体を掘り出しビニールシートを洗い、さらに地面の穴を埋めるという作業を加えても、五時間はオーバーしなかったとのことです」

小さくなった二個目のドロップを、水木警部補は嚙み砕《くだ》いていた。

「わたくしだけには、限らないことでしょうね。熊谷市を囲む関東地方の一部の住民であれば、何百万という人々にも可能だったんじゃないんですか。ムサシトミヨのトゲが、わたくしの身体に刺さっていたんでしたら話は別でしょうけど……」

このことが、香山弓江をホッとさせたのであった。

弓江が次に持ち出す要求は、自分とムサシトミヨを結びつける物的証拠に決まっている。だが、そのくらいのことは、水木もとっくに予測していた。いよいよ、これからが正念場《しょうねんば》である。

「ですがねえ、あなたは井出香緒里の死体を佐賀県へ運んできているんですよ。これはどうやったって、否定しきれないと思いますがね」

水木は、ニヤニヤした。

馬鹿馬鹿しくて話にならない、という笑い方であった。こういうときの取調官の笑いは、薄気味悪いものである。しかし、香山弓江に臆《おく》する様子はなく、むしろ闘志をかき立てるように息を吸い込んだ。

「現に、否定しています」

弓江は両手を膝《ひざ》に突き、肩を怒《いか》らせるようにした。

「それだって、いつまでも続きっこありませんよ」

「でしたら、わたくしを死体遺棄の容疑で、逮捕したらどうですか」

「間もなく、そうするつもりですよ」

「いまのままだったら、難しいんじゃありません？　そちらの手のうちにあるのは、状況証拠ばっかり。物的証拠となると、何ひとつないんでしょ」

「目撃者がいます」

「その目撃者にしたって、わたくしが泉山磁石場にいるのを見たっていうだけ。わたくしが車から死体を運び出したり、それを穴の中に埋めたりしているところを、目撃してはいません」

「あなたはそのように、思い込んでいるのにすぎないんですよ」

「公務執行妨害と過失傷害のほかは、すべて身に覚えのないことなんですから……」

「だったら、あなたを死体遺棄事件の重要参考人として、調べたりはせんでしょう」

「それなら重要参考人なんかじゃなくて、わたくしを逮捕して被疑者としたらいかがでしょう。でも、確かな証拠がどうしてもそろわないんで、わたくしの逮捕には踏みきれないんですよね」

「やがて赤間康次だって自供するだろうし、武笠久司さんも見つかりますよ」

「そんなこと、わたくしには関係ありません。それより、事件現場が特定できたなんて鬼の首でも取ったように鼻を高くするのはあとにして、わたくしとムサシトミヨがどう結びつくのか納得のいく証拠を見せていただけませんか」

「井出香緒里を殺害したのは、赤間康次でしょう。その点は、自分もはっきり認めています」

「当たり前です」

「しかし、井出香緒里の死体を佐賀まで運んだのは、赤間康次じゃなかった。東京拘置所にいる赤間には、物理的に不可能なことなんでね」

「何度、同じことを言わせるんですか。見も知らない男性が殺した一面識もない女性の死体を、どうしてわたくしが遠くまで運んだりするんです」

「そこで引っかかるのが、武笠久司さんなんですよ」

水木警部補は、再び苦笑を浮かべていた。

「武笠が、どう引っかかるんです」

香山弓江は、ギクッとしたようだった。

水木が武笠久司に注目していると、弓江は夢にも思っていなかったのだろう。それなのに水木がいきなり、武笠久司を舞台へ引っ張り出したのだ。香山弓江は当然、狼狽《ろうばい》気味に警戒を強める。

「武笠久司さんを無視しちゃならないと、自分は思っています」

水木は弓江の前に、缶入りドロップを置いた。

「なぜなんです。まさか武笠のほうに赤間さんや井出さんとの接点があるなんて、そんな馬鹿げた疑い方をしているんじゃないでしょうね」

缶入りドロップを、弓江は押し返した。

「十月二十七日の夜、あなたには五時間の空白がある。その謎《なぞ》の五時間は、ドライブによって生じた空白だとあなたは主張した。そんな話は誰に聞かせたって、本気にされっこない」

水木は指先で、左目尻のホクロに触れた。

「それも、刑事さんの主観です」

弓江の険《けわ》しい目つきは、必死になった女のものだった。

「あなたは、ひとりでドライブをしたそうだ。しかし、自分はそれもまた、まるっきり信じられない」

「どうしてなんですか」

「あなたは、嘘《うそ》をついている。あなたは、ひとりじゃなかった。車に乗っていたのは、二人だった」

「理論的に、説明してください」

「穴を掘って、死体を取り出す。ビニールシートに包まれた死体を、川岸まで運ぶ。そして川の水で、泥を洗い落とす。そのあと、そっくりシーツで包んで、車の中に運び込む。掘った穴を、元どおりに埋める。スコップ、バケツ、ブラシ、長靴などをトランクルームへ投げ込む」

「わたくしには、関係ないことです」

「これは、大変な重労働だ。あなたひとりが一時間ぐらいのうちに、やってのけられることじゃない。あなたひとりの体力では、地面を引きずらないように、死体を持ち上げて運ぶことだって不可能だ」

「もちろん、わたくしにできることじゃありません」

「だけど、二人がかりだったら大丈夫だ。もうひとりが男であれば、なおさら問題はない。一時間ですべての作業を完了させることも、それほど無理じゃなかった」

「刑事さんは、わたくしが井出さんの死体を掘り出したと、そのことを前提にしています。それでは、理論的な説明にならないでしょう」

「死体を掘り出すという恐ろしいことだろうと、あなたに協力する男となれば武笠久司のほかにはいない」

水木はいつの間にか、武笠久司を『さん付け』で呼ばなくなっていた。

「暴論です。武笠まで事件の関係者にしてしまうなんて、あんまりです。何も知らずにいる武笠が、気の毒です」

目を潤《うるま》ませて、弓江は唇《くちびる》を嚙んだ。

「あなたは二ノ宮さんの前で、ちょっとした芝居を演じている」

水木は椅子をずらして、長い足を組んだ。

「何が何だか、わからなくなりそうです」

姿勢は少しも崩さないが、いまにも泣き出しそうな弓江であった。

3

十月二十七日の夜、香山弓江はどうしても熊谷市の元荒川の上流へ赴《おもむ》かなければならなかった。翌二十八日の朝には、佐賀県へ向けて出発することになっている。目的は、死体の運搬であった。

そうなると、十月二十七日の夜に死体を掘り出さなければ間に合わない。弓江ひとりの力では、困難な作業だった。それで武笠久司も、協力することになっていた。ただし、何事も極秘《ごくひ》にしなければならない。

特に弓江と武笠が行動をともにすることは、誰にも知られたくなかった。弓江と武笠の行動に目が届くのは、二ノ宮律子ということになる。つまり二ノ宮律子に察知されないようにするのが、何よりも肝心《かんじん》であった。

弓江と武笠のあいだでは、前もって打ち合わせがすまされていた。二十七日の午後になったら、武笠は正気に戻ったことを理由に出かけてしまう。どこかで時間をつぶした武笠は、夜の九時にマンション・エスニックの地階駐車場で弓江と落ち合う。

弓江は夜の九時、マンションの部屋に帰宅する。武笠は、外出して不在だった。毎度のことながら、二ノ宮律子は弓江に同情する。同時に二ノ宮律子は、武笠に対して腹を立てる。

「正気に戻ったからって、またどこかへ飲みに出かけたんでしょう。武笠さんとは早いところ手を切って、今後のことを考えたほうがいいですよ」

二ノ宮律子は、そのように弓江を激励した。

武笠の姿がないことで、失望の色を隠しきれないという芝居を演じたあと、弓江は気を取り直したように寂しげな笑顔を作る。そこには愛する男に虐待《ぎゃくたい》されてなお、健気《けなげ》に生きようとする女がいた。

「気晴らしに、ドライブしてくるわ。それから明日、久しぶりに佐賀県へ行くことにします。有田の思い出の場所で、今後のことを考えてみたいの」

弓江は、そう言った。

これには、二ノ宮律子も騙《だま》される。武笠は気ままにふるまう男、弓江はひたすら耐える不運な女、という律子の印象はますます強まることになる。

そんな弓江と武笠が共謀《きょうぼう》して何かを企《たくら》んでいるなどと、二ノ宮律子は考えてもみない。弓江と武笠が行動をともにするだろうと、二ノ宮律子に見抜けるはずはなかった。二ノ宮律子は弓江の芝居を、そのまま信じ込んだのだ。

弓江は、マンションを出ていく。地階の駐車場で、武笠が待っている。二人は車に乗って、熊谷を目ざす。元荒川の上流で、二人がかりの作業を終える。帰り道の途中で、武笠は車を降りる。

武笠はどこかに身を隠し、二日後にさりげなくマンション・エスニックへ戻ることになっていた。そのとおり十月二十九日の午後、ひょっこりと武笠はマンション・エスニックに帰ってきた。

だが、思わぬ事態が待ち受けていた。武笠は二ノ宮律子から、弓江が佐賀県で逮捕されたことを知らされた。自分も共犯として逮捕されるだろうと、武笠は逃走することを考えた。

武笠はそそくさと、マンションから姿を消した。それっきり武笠は、いまだに行方不明になっている。おそらく武笠は新聞やテレビ等の報道から、その後の弓江がいかなる状況下に置かれているのかを探りつつ、逃避行《とうひこう》を続けているのに違いない。

「こういうことでね、自分も初めのうちは二ノ宮さんと同様、目を曇らされましたよ。おかげで武笠久司を死角に置いてしまい、あなたの協力者という脚光を浴びせずにいました。でも、いまは違う。武笠久司を主人公のひとりとして、舞台の中央に立たせなければならない」

水木警部補は頑固《がんこ》な役者のように、いかにも気難しそうな面持《おもも》ちでいた。

「やめてください！」

弓江はまた、声を大きくした。

「あなたはほんとうに、武笠久司のことを愛しているんですね。話が武笠のことに及ぶと、とたんにあなたは興奮して彼を庇《かば》おうと懸命《けんめい》になる」

やれやれというふうに、水木警部補は首を振った。

「想像や推測だけで今度は、武笠を共犯者にしてしまうなんて、いくら何でもひどすぎます！」

弓江は、泣いていた。

「ただの推測じゃなくて、疑わしい根拠があってのことです」

水木警部補は弓江が泣くのを初めて見たが、机のうえに滴《したた》り落ちる涙をなぜか美しいと感じた。

「武笠のどこが、疑わしいんですか」

弓江の頰《ほお》から顎《あご》までが、濡れるようになっていた。

「行方不明になっていることです」

水木はティッシュの箱を、弓江の目の前に置いた。

「それは、わたくしが逮捕されたことに、かかわりを持ちたくなくて、姿を消したって言ったはずです」

「違いますね」

「何が、違うんですか」

「自分が何もしていなければ、かかわり合いにはならない」

「警察へ呼ばれるだけでも、嫌う人間は嫌うんです」

「だからって、完全に行方をくらます人間がいますか」

「武笠は、気が小さいんです」

「武笠は姿を消したんじゃなくて、逃走したんですよ。なぜ、逃走したか。罪を犯しているからでしょう」

「勝手に、決めないでください」

「共犯者が逮捕されたと知れば、直《ただ》ちに逃走するのが犯罪者というものです。あなたが佐賀県で簡単に逮捕されるとは予想していなかっただけに、泡食って逃げ出したのが武笠久司ですよ」

「わかりました。平行線をたどるんでしたら、無意味な言い争いってことになります。それはもう、やめたいと思います」

声を立てずに泣きじゃくったが、弓江はティッシュを使わずにいる。

「また、無言の行《ぎよう》ですか」

水木警部補は、両手の指の爪の伸び具合を眺《なが》めやった。

「今後は、絶対に口をききません」

弓江は、血相を変えていた。

「黙ってにらめっこをしているのは、それこそ無意味ですよ」

水木警部補は、時計に目を落とした。

「事情聴取には、二度と応じません！　これが取調べだったら、永久に黙秘します！」

弓江は、腰を浮かせた。

弓江の手が触れたらしく、ティッシュの箱が御子柴刑事の足もとまで飛んだ。婦人警官があわてて、後ろから弓江の肩を押えつけた。弓江は逆らわずに、椅子に腰を落ち着けた。

「永久に黙秘するなんて、かなりオーバーだな」

水木は御子柴から、ティッシュの箱を受け取った。

「わたくしは、命を捨ててかかっていますから……」

弓江は、横を向いた。

水木とは、二度と目を合わさない。眼前にいる水木でも、その存在を無視する。存在しない水木の質問には、いっさい答える必要がない。弓江は横を向くことで、そういう意思を示したのだった。

弓江は徹底して、やる気らしい。そのように察して、水木は気が重くなっていた。取調官が逆に追いつめられるのは、被疑者の沈黙なのである。

勾留《こうりゅう》の期間切れを計算して、何日も時間稼《かせ》ぎの黙秘を続ける被疑者が多かった。感情的になってヘソを曲げたことから、黙秘を決め込む被疑者も少なくない。取調官が気に入らないという理由だけで、黙秘で報復する被疑者には手を焼く。

いずれにしても被疑者の沈黙は、捜査の進展を妨《さまた》げる決定的なブレーキとなる。核心《かくしん》にふれたがらなくても、話さえしていればいつかは何とかなる。

ところが被疑者が口をきかないとなると、声を失った人間同士が向かい合っているのと変わらない。事情聴取も取調べも、質問と応答がなければ成り立たないのだ。特に被疑者を落としにかかっているときは、この黙秘というのが厚い壁になる。

この日の水木が、そうであった。今日のうちに香山弓江を落とそうと、水木の決意は固かった。弓江は命を捨ててかかっているというが、水木は今日の取調べにすべてを賭《か》けている。

六尺褌を、何のためにしめているのか。石丸サト子にひと目、会おうとしないのはなぜなのか。捜査本部長に頭を下げて、無理に頼んだことはどうなるのか。落としの達人は、過去の栄誉なのか。

水木としても、あっさりとは諦められない。何とか、突破口を見つけ出さなければならなかった。根比《こんくら》べに、耐えるのであった。どんなことでもいいから、弓江を話に乗せるのである。

「いま自分の知り合いが、福岡の病院で危篤《きとく》状態にある」

「二ノ宮律子さんはまだ、佐賀県へ来ていないのかな」

「あなたは、群馬県にも縁があるんですね。二ノ宮さんとも武笠とも、群馬県勢多郡宮城村にある赤坂高原クリニック・センターで知りあっている。十月二十五日の夕方、武笠に呼ばれてあなたが出向いた先も、群馬県の伊香保温泉だった」

「むかしを振り返ると、何もかも夢のようだ。あなたが香川弓子として〝縁切り〟を歌っていたころは、ほんとに素晴らしかった。自分にとっては、最高の時代だった」

「福岡の病院で、もう危ないって言われている病人は、むかしの恋人でしてね。従妹《いとこ》なんだけど、結婚するつもりだった。結局、結婚はできなかったけど、やはり彼女はよき時代の恋人ですよ」

「かつての香川弓子とは、別のところで会いたかったなあ」

そんなふうに、水木は話しかける。しかし、香山弓江の声は、ついに聞けなかった。香山弓江は、水木のほうを見ようともしない。つまらない雑談だというように、弓江は目をつぶるときもある。

目と目が合わないので、反応も認められない。すでに、正午をすぎている。水木は、なおも辛抱《しんぼう》する。午後一時を回り、あっという間に一時半になった。弓江の沈黙は、二時間も続いたことになる。

「食事もしなければならないし、三時まで休憩《きゅうけい》しよう」

水木警部補は、弓江の心境の変化に期待することにした。

いったん閉じた心を、弓江は頑《かたく》なに開くまいとしている。こうなると、我慢比《がまんくら》べには際限《さいげん》がない。それよりも、休戦にしたほうがよかった。決戦はこのあとであり、水木警部補は最後の賭けに出るのだった。

水木と御子柴は、取調室をあとにした。もうひとりの婦人警官を呼び、交替で食事をすませるように指示する。香山弓江にも、仕出し弁当を与える。弓江は婦人警官の監視のもとに、それを取調室で食べることになる。

ほかに制服警官をひとり、取調室のドアの外に配置した。そうした監視態勢はすべて、弓江の自殺を防ぐためのものだった。

水木警部補と御子柴刑事は、捜査本部の自分たちの席で仕出し弁当を食べた。二人がいる捜査本部の一角は、衝立《ついたて》や移動式の黒板《こくばん》で囲まれている。水木の背後には、ソファとテーブルが置いてあった。

水木と御子柴は、遅い昼飯を黙々《もくもく》と食べている。水木は取調室における彼と、人が変わったように無口になる。水木のほうから、誰かに話しかけることはなかった。何か訊《き》かれれば、仕方なく答える。

水木警部補が弁当を食べ始めた直後から、そのような質問者が何人も顔を覗《のぞ》かせている。真っ先に声をかけてきたのは、杉田捜査一課長、次いで古賀管理官、そして捜査本部長の江口《えぐち》署長であった。

訊くことは、誰もが同じである。

「どうだね、見込みがありそうか」

「先が、見えてきたかね」

「明日も六尺褌をしめるなんてことに、ならないだろうか」

今日中に香山弓江を落とせるか否《いな》かに、不安と期待を抱《いだ》いている。全員の関心が、水木の取調べの成果だけに集中しているのだ。この場合、ほかに質問があろうはずはなかった。

「敵は二時間ばかり、沈黙を続けています。かなり苦しくなっている証拠ですから、今日中には落ちるでしょう。もちろん富沢警部補からの吉報《きっぽう》があれば、その瞬間に敵は白旗を掲《かか》げるはずです」

水木警部補が答えることも、録音テープのように変わらなかった。

今朝の早い時間に水木警部補は、江口捜査本部長に対して深々と頭を下げている。水木は江口本部長に、重大なことを頼み込んだのだ。

それは、危険な賭けでもあった。捜査本部長は驚いて、水木の顔をまじまじと見たくらいだった。

「単なる想像に基づいた見込み捜査となれば、失敗に終わったときには取り返しのつかないことになる」

捜査本部長は、深刻な表情でいた。

「ほかに考えようがないとなれば、たとえ思いきった想像だろうと可能性は十分あります」

水木はひたすら、平身低頭《へいしんていとう》に努めた。

「それにしても、埼玉県警にまで迷惑をかけるんだからね。想像による見込み捜査に成果がなかったら、責任問題に発展する」

「自分の見込み違いだったとなれば、そのときの覚悟はできています」

「いや、捜査本部長の責任だ」

「とんでもない想像と思われるでしょうが、自分には確かな推定だという自信があります。何しろほかに、推定のしようがないんですから……」

「水木君と共同責任で、わたしも賭けてみるか」

江口本部長は、ようやくうなずいた。

「お願いします」

水木警部補は、テーブルに鼻をこすりつけた。

捜査本部長は直ちに、熊谷市にいる富沢班のスタッフに水木の意向を伝えた。そのうえで公安委員会を通じ、埼玉県警にも協力を依頼したのである。

もし水木の見込みどおりという結果が出れば、間髪《かんはつ》を入れずに富沢警部補から吉報がもたらされる。そうなればもはや絶体絶命であり、香山弓江は言い逃れができなくなる。だが、空振《からぶ》りに終わった場合には、水木の全面敗北となるのだった。

午後二時三十分に、熊谷市にいる富沢警部補から電話がはいった。

「吉報か！」

さすがに水木は、動悸《どうき》が激しくなるのを抑えきれなかった。

「いや、まだだ」

富沢警部補の言葉は、あっさりと水木の期待を裏切った。

「何とかしてくれ、明るいうちに……」

「そう、急《せ》かすなって」

「おれを、辞職させたいのか」

「ミズさん、辞職するのか」

「今日中に結果が出なければ、そのつもりでいる」

「結構じゃないか。さっさと、辞職したらどうだ。おれが送別会の幹事を、引き受けてやるよ」

「そう、お願いしようじゃないか」

「焦るなよ。埼玉県警さんだって、かなりの人手を提供してくれているんだ。埼玉県警の鑑識も出動しているし、警察犬まで動員されている」

「時間がない」

「ミズさんの見込みが狂っていたら、無駄骨ってことで万事休すだ。しかし、ミズさんの推断が正しければ、もう一、二時間でそれなりの結果が出るだろうよ」

「頼む」

水木警部補の胸を、沈痛な思いがチラッとかすめた。

「幸運を、神に祈りたいね」

富沢警部補は、虚《うつ》ろに笑った。

4

午後三時からは再び、取調室での任務を果たさなければならない。しかし、水木が席を立った瞬間に、目の前の電話が鳴った。水木の手はボクサーよりも速く、送受器を引ったくるように握っていた。

「水木です」

水木警部補には、悪い予感が働いていた。

「わたしです」

予想したとおり、加代子の声であった。

「やっぱり、そうか」

水木は先に行くようにと、御子柴刑事に合図を送った。

「いまから七分前に、亡くなられました。眠ったまま、安らかに……」

加代子は、洟《はな》をすすった。

「うん」

水木警部補には、口にすべき言葉がなかった。

「わたしたち、明日まで帰れないわ。今日はお通夜《つや》、明日は告別式ですからね。着替えも喪服《もふく》も用意してきてますから、このまま福岡にいます」

加代子は、声を震わせた。

「今日のおれは朝風呂にはいって、六尺褌をしめてきている」

水木はみずからの職業が、因果《いんが》な商売であることを痛感していた。

「そう、だったら……」

加代子は水木の次に、朝風呂と褌の意味をよく知っている。

「遅くなるかもしれないが、お通夜には顔を出せるだろう」

仏に嘘はつけないぞと、水木警部補の頭の中で声がした。

「サト子さんったら今朝方たったひと言、正一郎さんって、意識もないのにつぶやいたわ。サト子さんが唇を動かしたのは、あとにも先にもそのときだけ……」

加代子は、泣き声になっていた。

「わかった」

水木警部補は、電話を切った。

足早に、取調室へ向かう。石丸サト子の通夜に行かなければならないと、いっそう水木の焦燥感《しょうそうかん》は強まっている。それが水木の闘争心に火をつける一方で、サト子はもうこの世にいないという虚脱感《きょだつかん》にも襲《おそ》われていた。

取調室の中は、無人のように静かだった。御子柴刑事、香山弓江、それに婦人警官と所定の位置を動かずにいる。だが、三人そろって、生きている人間には感じられなかった。その中でも香山弓江は、息もしていない蠟《ろう》人形のようであった。

水木警部補を迎えたことで、まず御子柴刑事が生きている人間に戻った。御子柴は指先で、弓江が向かっている机を示した。机のうえには手つかずのまま、仕出し弁当が置かれている。

「無言の行に加えて、次はハンガーストライキかね」

それが滑稽《こっけい》だというように、水木警部補は笑った。

水木警部補は、席につかなかった。取調室の狭い空間を、ゆっくりと歩き回っていた。なぜだろうと水木を目で追いながら、婦人警官も人間らしい顔つきを見せている。香山弓江だけが、相変わらず蠟人形でいた。

「香川弓子という歌手は、最高に素晴らしかった」

水木警部補は、歩きながら誰にともなく言った。

「スターでありながら実に素直で、やさしくて、純粋で、謙虚《けんきょ》だった。だからこそ、あの若さで演歌の心がわかったんだろうな。だからこそあの歌一曲で、われわれ全国のミーハーを魅了《みりょう》したんだ」

水木警部補は、香山弓江の後ろで立ちどまった。

当然のことだが、言葉を発する者はいない。香山弓江の顔は、まさしく能面《のうめん》だった。瞬《まばた》きをするのが、不思議に感じられる。あれほど涙を流してティッシュも使わないことが嘘のように、香山弓江はみごとにもうひとりの彼女になりきっている。

「この年になっても、まだあの歌は忘れられない。香川弓子の〝縁切り〟という歌は、十数年ものあいだ大勢の人間の心の中で生き続けているんだ」

水木は、壁にもたれた。

最初に婦人警官が驚きの余り、背筋を伸ばすことになった。刑事が取調室で演歌を熱唱するなど、あり得ないことだからである。婦人警官は気が変になったのかと、水木の精神状態を疑ったようであった。

御子柴刑事も、あっけにとられていた。御子柴は誰よりも、六尺褌に象徴されるように水木の取調官魂《だましい》なるものを、しっかりと把握《はあく》している。

取調べのテクニックに長《た》けている水木だが、被疑者を前にして演歌を熱唱するような邪道《じゃどう》は取り入れない。そういう水木の補助官でいることに誇りを感じている御子柴が、茫然《ぼうぜん》となるのは無理もないといえるだろう。

さっき、電話がかかってきた。御子柴は先に行けと合図されたので、どういう電話だったのか内容がわかっていない。あの電話が水木に影響していると、御子柴が気づくまでには時間を要したのである。

いずれにしても水木警部補は、『縁切り』という演歌を声高らかに歌ったのだった。

凍《こご》えた指に白い息

つかんだ雪に口を寄せ

あなたの足跡　見つめてる

すがって泣くのが遅すぎて
無邪気に見送る真似《まね》をした
生き別れなの
それとも二人　死に別れ

街灯の下　薄明かり
通う路地裏　今日かぎり
地の果てまでも見るような
静かで暗い眼差《まなざ》しを
わたしに投げて背を向けた
生き別れなの
それとも二人　死に別れ

一番と二番を歌い終えて、水木警部補は香山弓江の前に回った。水木は椅子に尻を落として、正面から香山弓江を見据《みす》える。どこか笑っているようだが、水木警部補の目は赤かった。

「むかしの恋人だった従妹と自分は、死に別れになりましたよ」

水木は、香山弓江の鼻のあたりを凝視《ぎょうし》した。

弓江は、沈黙している。また能面も、はずそうとはしない。

「話したでしょう、福岡の病院で危篤状態にあるという従妹のことを……。彼女は先ほど、息を引き取ったそうです」

水木警部補は、口もとに微かな笑いを漂《ただよ》わせた。

そんな水木に感情をこめた眼差しをむけたのは、御子柴刑事と婦人警官であった。香山弓江は依然《いぜん》として、水木の声も聞こえないという蠟《ろう》人形でいた。

「あんたのおかげで、自分は一度も彼女を見舞ってやれなかった。会いたいという従妹の希望にも応じられないまま、彼女とは死に別れとなった」

水木は仕出し弁当を、婦人警官のほうへ差し出した。

水木が正気に戻ったと安心したのか、婦人警官は恐縮したように弁当を受け取った。香山弓江はそうした動きに、目もくれなかった。

「そんなことから、自分があんたを腹立たしく思ったとしてもおかしくない。しかし、自分は腹を立てるどころか、あんたに同情しているんだ。それは、なぜだろうか」

水木は弓江の視線が、ほんの少し揺れるのを見た。

「その理由は皮肉にも、あんたの〝縁切り〟の中で歌われている。生き別れなのか、それとも死に別れになるのかと、別離のせつなさがあの演歌のテーマになっていますね」

水木は右手の指を机の端に並べて、ピアノを弾《ひ》くように動かした。強く結ばれていた弓江の唇が、空気を求めるように開き加減になっている。

「そこで、生き別れか死に別れか、どっちが人間にとってより苦痛かを考えてみる。死に別れであれば、相手のことは思い出となっていつまでも心の中で生きている。自分と従妹の場合が、その死に別れってやつになる。それに比較すると、生き別れのほうがはるかに不幸だ」

水木は、ノートを開いた。

香山弓江は、そのノートに目を移した。水木は一字も記されていないページに、鉛筆で絵を描き始めた。取調べ中に被疑者の眼前で絵を描くのは、いまに始まったことではない。水木警部補としては、よく使う手なのである。

これは、被疑者を心理的に追い込むための作戦であり、水木警部補の好む手法ともいえた。水木はいよいよ大詰めというときに、この作戦を用いることが多かった。いまも弓江の視線は、ノートに吸い寄せられている。

「死は決定的な別離になるけど、生きていればそうはいかない。生木《なまき》を割《さ》かれるようなもので、未練に悩まされるのが生き別れだ。だから、死に別れより生き別れのほうが苦痛を味わうことになる。そういう意味で、自分はあんたに同情している。自分よりずっと気の毒なあんたには、腹の立てようがないってわけですよ」

『あなた』という呼び方を、水木は意識的に『あんた』に変えていた。弓江の能面が、崩れかけている。能面のあちこちに亀裂《きれつ》が生じて、弓江の素顔が覗いているのだった。

「あんたは、愛する武笠久司と生き別れになる。二人とも生きているのに、二度と会えない。これからのあんたは、その地獄の苦しみに耐えていくんだ」

誘いをかけるように、水木警部補はニッと笑った。

「どうして……」

そう言いかけて、弓江はハッとなった。

香山弓江は、誘いに乗った。思わず、言葉が出てしまったのだ。弓江は、かなり動揺している。水木が『縁切り』を歌ったときから、弓江の感情は熱くなっていたのに違いない。

「あんたは、誰も殺していない。だけど、武笠久司となるとそうはいかないだろう」

水木警部補は一気に、突破口を広げようとする。

「そうはいかないって、どういうことなんですか」

ついに、香山弓江は口をきいた。

香山弓江の無言の行は、四時間でストップしたのであった。能面はまだ完全に割れてないが、蠟人形には血が通い始めている。弓江は最後の抵抗を試みようと、人間に立ち戻ることを余儀《よぎ》なくされたのだろう。

「あんたは、殺人の罪を犯していない。そのことは、あんたと接しているうちに次第に明《めい》白《はく》になってきた」

「接しているだけで、そんなふうにわかるんですか」

「長年の勘《かん》というか、われわれには独特の観察力と嗅覚《きゅうかく》がある。殺人犯にしかない匂《にお》いを嗅《か》ぎ取るし、罪に濁ったようなものを見出《みいだ》すこともできる。しかし、あんたにはそういったものが、いっさい感じられない」

「武笠には、会ったこともないんでしょう。それなのに殺人犯の匂いが、嗅ぎ取れるんですか」

「あんたは、誰も殺していない。そうなると、殺したのは武笠という答えが出る」

「そんな……」

「あんたは、死体遺棄の罪で起訴《きそ》される。愛する男のために協力せざるを得なかったということで、情状酌量《じょうじょうしゃくりょう》の余地もあるだろう。そうなれば、あんたの刑期はそれほど長くない」

「いまからわたくしのことを、罪人扱いするんですか」

「ところが武笠は、あんたのような従犯と違う。主犯であって、しかも殺人と死体遺棄の罪に問われる。十年や十五年で、自由の身になれる見込みはない」

「あんたと武笠は、別の世界で人生を過ごすことになる。面会のときに、顔を合わせるのがせいぜいだ。どんなに会いたくったって、どうすることもできない。つまり、生き別れと同じだ」

「乱暴だわ」

「刑事さんって、小説家なんですね」

「ときには小説家になることも、必要なんだろうな」

「それがこっちには、大変な迷惑になるんです」

「まったく、気の毒ですよ。生き別れっていうのは、悲劇ですからね。しかし、こうなったからには、仕方ないでしょう」

「こうなったからにはって、いったいどうなったんですか」

「あんたという船は、すでに沈没しかけている。完全に沈没しないうちに、船荷《ふなに》を捨てたほうがいい。そうすれば、あんたは身も心も軽くなる」

「わたくしに、何をしろっていうんです」

「正直に、真実を述べるんですよ」

「わたくしは一貫して、正直に真実を述べています」

「いや……」

「でしたら、わたくしが真実を隠して嘘をついているってことを、証明したらどうなんですか」

「頼むから、むかしの香川弓子さんに戻ってくれませんか」

「わたくし、香山弓江です」

「あまりにもイメージが違うって、大勢のファンが泣きますよ」

「刑事さんだって、何も真実なんてわかっちゃいないんでしょ。何もわかっていないからこそ、わたくしを問い詰めるんだわ。わたくしの口からそれらしいことを訊きだそうと、躍起《やっき》になっているんでしょうね」

「自分としては、あんたが進んで事実を供述《きょうじゅつ》するようにと願っているだけです。最後まで知らぬ存ぜぬで通すのと、進んで自白するのとでは、ずいぶん検事の心証も違ってくるんです。それは公判にも、影響を及ぼすはずですよ」

「その手には、乗りません」

「自分はこの年まで、ずっと香川弓子のファンだった。そういう熱烈なファンとして、自分はあんたに最後の誠意を尽くしているつもりですがね」

「そんな誠意なんて、結構です。いまはもう、歌手もファンもないんですから……」

「駄目ですか」

「わたくしに喋らせようとなさるより、刑事さんがご存じの真実とやらを聞かせてくださったほうが、話が早くすむんじゃありません？」

「やっぱり、駄目か」

「それも刑事さんがほんとうに何もかも、お見通しだっていうんであればですけど……」

「大筋は、読めています」

「だったら、聞かせてください」

「ただし、自分が事実の大略を明かしてしまえば、あんたは最後までシラをきったものと見なされる。それでも、いいんですね」

水木警部補は、鉛筆を投げ捨てた。

「構いません」

香山弓江は、警察もまだ具体的な事実はつかんでいないと、自信を持っているようだった。

水木警部補はノートを、香山弓江の前に押しやった。

5

香山弓江は、ノートに目を落とした。瞬間的に緊張したようだが、弓江は特にショックを受けることにはならなかった。ただ、しばらくは難解な方程式を眺める数学者のように、考え込む顔でいた。

ノートには、絵画にほど遠いものが描かれている。とても、絵とはいえなかった。何の形であるのかも、見当がつかない。くねくねとした線のほかに、△印と○印が記されていた。

地図のように見えないこともないが、場所がさっぱりわからない。不親切にも、文字が書き込んでなかった。それとも香山弓江のほうが、地理を苦手としたのだろうか。どっちにしろ、弓江を心理的に脅《おび》やかすような絵ではない。

水木警部補は、鉛筆を手にした。鉛筆の端で、自分の額《ひたい》を叩く。消しゴムがはめ込んであるので、痛みは感じなかった。だが、それにしてはコツコツと、音が大きく聞こえる。時間の秒数に合わせて、水木は額を打ち続けた。

香山弓江は、水木が口を開くのを待っている。水木は捜査本部の読みを明らかにすると、言いきってしまったのだ。いまさら、引っ込みはつかない。このまま、突き進むほかはなかった。

香山弓江は、逃げの一手である。ああ言えばこう言うで、中身のない問答が繰り返される。否定しきれなくなると、何時間だろうと沈黙を守る。

これ以上は、弓江を追いつめる材料がない。新しい戦いの場へ移らない限り、水木のほうが手詰まりになる。今日のうちに弓江を落とすには、新局面における対決が必要であった。

九〇パーセントは、勝てると思っている。だが、問題になるのはあくまで、推定にすぎないということだった。水木が予想していたより、結果の出る時間が遅れている。富沢警部補から、まだ吉報は届いていない。推定でなくて断定だという熊谷市からの連絡が伝わらないうちに、ひと足先に対決へ持ち込んでも支障はきたさないのか。その一点が、水木を躊躇《ちゆうちよ》させる。

もし水木の見込み違いという報告が富沢警部補からあれば、弓江の嘲笑《ちようしよう》を浴びながら無条件降伏をしなければならない。しかし、これ以上、引き延ばすことはできなかった。こうなったらイチかバチかだと、水木は意を決した。

心理作戦では九分どおり、香山弓江を包囲している。あとは実弾さえ撃《う》ち込めば、弓江は容易に陥落するだろう。その実弾が使いものになるかどうかで迷っていたが、たとえ石ころでもいいからと水木は覚悟したのであった。

「第一のポイントは、井出香緒里を殺害したのは間違いなく赤間康次であること。第二のポイントは、事件現場が熊谷市の元荒川の上流と、特定されそうになったこと。それに、第三のポイントが加わった」

水木警部補は、鉛筆を机のうえに戻した。

「わかるように、話していただかないと……」

香山弓江の顔は、またしても能面になっている。

「話を聞いていれば、わかってくるはずですよ」

水木の額の一部が、色を付けたように赤くなっていた。

「第三のポイントっていうのは……」

「もう、四日前になるかな」

「十月三十日ですか」

「そう。ここで初めて、あんたと顔を合わせたときのことですよ」

「第一回の事情聴取ですね」

「あんたはあのときから逃げの一手で、何から何まで否定するか、知らないで通すかしましたね。しかし、かなり時間がたってから、あんたには突然変異が起きた」

「突然変異……」

「あんたの印象が、一変したんです」

「どんなふうに、一変したんですか」

「暗から明へ、陰から陽へですよ。きつい顔でいたあんたが、不意に初めての笑いを浮かべましたよ。それまで挑戦的な態度でいたのに、急に余裕みたいなものを感じさせるようになった」

「わたくしには、覚えがありません」

「なぜ、あんたに突然変異が起きたのか。何があんたを、一変させたのか。自分はそのことが、ひどく気になりましてね。そこで、調べてみたんです」

「何をですか」

「突然変異が起きる直前、あんたと自分はどんなやりとりを交わしていたのか……。それを調べた結果、井出香緒里との関係についての攻防戦だったことがわかりました」

「それでしたら、記憶にあります」

弓江は、うなずいた。

「こんなふうな応酬《おうしゅう》です」

水木警部補は男女の声を使い分けて、そのときの弓江とのやりとりを再現させた。

弓江　わたくし、知りません。

水木　年齢二十七歳、住所は東京で台東区池之端四丁目。この井出香緒里とあなたの関係を、正直に言ってください。

弓江　知らないんです、どなたなんでしょう。

水木　下手にとぼけると、不利になりますよ。井出香緒里は、あなたが泉山磁石場に埋めた死体に決まっているじゃないですか。

弓江　井出香緒里さんという知り合いはおりませんので、どうぞ東京のわたくしの関係者にお確かめください。見たことも、聞いたこともありません。

水木　井出香緒里なんて、見たことも聞いたこともない。縁もゆかりもないし、まったく無関係な人間だ？
弓江　そのとおりですわ。
水木　何の関係もない人間の死体をどうして佐賀県まで運んできて、有田町の泉山磁石場に遺棄したりするんですかね。
弓江　何の関係もない人間の死体を、わざわざ運んだり捨てたりする者がいるのか、こちらから伺いたいですね。

ここで、異変が起きる。急に弓江の声が明るくなり、初めての笑顔を見せたのであった。何かが弓江を、勇気づけたのである。極度の緊張感から解放されて、弓江はホッとしたのだ。

弓江は大いなる救いを、見出したのに違いない。それが弓江に、気持ちの余裕を与えた。そうでなければ、起こり得ない突然変異だった。

「大いなる救いだなんて、わたくしには見当がつきませんわ」

香山弓江は取調室のドアのあたりへ、御子柴刑事へ、机のうえのノートへ、そして婦人警官へと目を転じた。

明らかに、落ち着きを失っている。能面のような顔と姿勢に変わりがなくても、弓江は自然とそわそわし始めたのであった。

「大いなる救いというのは、ひとつしかありません。あんたが何よりも恐れていたのは、泉山磁石場に遺棄された死体とあんたとの結びつきが、決定づけられることだった。したがって、それから逃れられることが、大いなる救いであったわけです」

水木警部補はドロップの缶を振ってみて、数粒しか残っていないという心細い音を耳にした。

「意味がよく、わかりませんけど……」

弓江は水木だけを、正視しようとしなかった。

「仮にA子ということにしましょう。このA子とあんたとの関係は、はっきりしている。もし泉山磁石場に遺棄した死体がA子だったら、あんたはいっさい言い逃れができなくなる」

水木警部補は机のうえに乗り出して、弓江に顔を近づけるようにした。

「まあ、そうでしょうね」

弓江は、伏し目がちでいる。

「鳥栖署も佐賀地検の検事も、あんたを公務執行妨害と過失傷害の現行犯として取り調べている。それに泉山磁石場で見つかった死体の身元も、まだわかっていなかった。そういうことで鳥栖署や佐賀地検では、死体遺棄事件の被害者の名前をあんたに聞かせていない。あんたが初めて井出香緒里という被害者の名前を耳にしたのは、十月三十日の午後五時ごろのこの取調室で、もちろんわたしの口から聞いた」

「それは、確かです」

「そのときのあんたは、ビクビクしていたはずだ。いつわたしが、A子のことを持ち出すかわからない。A子との関係について問い詰められたら、ただ単に泉山磁石場を訪れただけというあんたの弁解も通用しなくなる。あんたは半ば、絶望的な気持ちでいた。ところが、わたしの口から出た被害者の名前は、意外にもA子ではなかった。聞いたこともなく、まるで覚えのない井出香緒里という名前だった」

「それが、大いなる救いなんですか」

「あんたにとって、これ以上の救いはないだろう。驚きながらも、あんたはホッとした。なぜだかわからないが、A子の死体が見も知らない井出香緒里という女性のものと入れ替わっている。よし、これなら何とかなる。知らぬ存ぜぬで押しきれるかもしれないと、あんたは勇気を得た。とたんに声が明るくなって、あんたは思わず笑みを浮かべてしまったわけですよ」

「推理としては、おもしろいですわ」

「この第三のポイントというのが、自分にとっては天の啓示《けいじ》のように重大だった。あんたのちょっとした気の緩みが、死体の入れ替わりという思いもよらない発想をわたしに植えつけてくれたんだ」

「死体が入れ替わるなんて、実際にはあり得ないことでしょう」

「どうしたら実際に死体が入れ替わるかを、まず考えるべきでしょうな。まず最初に、井出香緒里を殺害したのは赤間康次に間違いないという第一のポイントと、第三のポイントを結びつけます。そうすると井出香緒里はあんたにとって、まるで無関係な人間ということが明白になる」

「ええ」

「その一方で、井出香緒里の死体を梱包したロープの結び目からムサシトミヨの可能性が強い魚のトゲが採取され、事件現場は熊谷市の元荒川の上流の流域に特定されそうな気配だった。それで、そうした第二のポイントとも結びつけてみれば、死体が入れ替わった場所と過程がおのずと読めてくる」

「そうなんですか」

「自分はそこで、とんでもないことを考えついたんですよ。それこそ捜査官にあるまじき想像とか、空想とかの批判を受けそうなことですがね。しかし、ほかに判断のしようがなければ、唯一《ゆいいつ》正しい想定だという信念を自分は持ちました」

「要するに、荒唐無稽《こうとうむけい》な想像ってことなんですね」

「赤間康次が井出香緒里を殺害、その死体を元荒川の上流の流域に埋めたと推定されるのは、十月二十六日から二十七日にかけての夜半と思われます」

「そして二十七日の深夜には、わたくしがその死体を掘り起こしたというんでしょ。ドライブをしていたという五時間の空白を、利用してね」

「武笠と、共謀して……」

「そこに武笠が登場してくるのが、わたくしにはどうしてもわかりません」

「武笠とあんたにはほかにも、謎の空白時間っていうのがあるでしょう」

「えっ……」

「十月二十五日です。あんたは武笠に電話で呼び出されて、夕方の五時四十分ごろにマンションを出発した。行き先は、伊香保温泉ということになっている。武笠を迎えに行くということだったが、あんたひとりで午前一時二十分ごろに帰宅した」

「それも、律子さんが喋ったんですか」

「こっちも、七時間四十分の謎の空白です」

「東京と伊香保のあいだを、往復しているんです。謎でも、何でもないじゃありませんか」

「夜間だと飛ばせば五時間で、往復できるそうですよ。二時間と四十分ばかり、時間のかかりすぎですね」

「ゆっくり走ったし、向こうで酔っぱらった武笠を連れて帰ろうとして手間取りましたから……」

「向こうと、言いましたね。じゃあ、答えてもらいましょう。向こうというのは、伊香保温泉のどこだったんです。旅館なんですか、それとも個人の家なんですか。さあ、はっきり答えてください」

「忘れました」

「忘れたとしか、答えようがない。当たり前だ。もともとあんたは伊香保温泉に行ってないんだからね。二ノ宮さんの手前、咄嗟《とっさ》に伊香保温泉と言ってしまったけど、あんたの行き先は伊香保とさして離れていない榛名湖畔だった」

「忘れました」

「だいたい大の男から群馬県まで迎えにこいって電話で呼ばれて、ハイハイとそれに応じるほうがどうかしている。あんたは一日中、働いて疲れている。いくら相手が愛している男だろうと、酔いを醒《さ》まして明日にでも帰ってきたらぐらいは、言うんじゃないんですか」

「記憶していません」

「まして武笠がいるところは、榛名湖畔にある綾部山荘だったんでしょう。綾部山荘は、武笠と綾部マリがよく使う別荘だ。武笠と綾部マリがいる榛名山の山荘まで、迎えに来てくれと頼まれたからって、あんたがノコノコ出かけていくとは考えられない」

「綾部マリのことも、知っているんですか」

「関係者については残らず知っとらんと、捜査にならんでしょう」

「律子さんさえ喋らなければ、綾部マリのことなんかわからなかったのに……」

「そんなことはない。武笠の交遊関係を洗うなんて、実に簡単なことですよ」

「とにかく、わたくしは何もかも忘れてしまいました」

「八日前の行動を記憶していないなんて、そんな主張が通りっこないでしょう。それより事実は事実として認めて、ほんとうのことを洗いざらい喋ったらどうですか」

「律子さんと違って、わたくし記憶力が悪いんです」

土気色《つちけいろ》の顔で、香山弓江は寒そうにしていた。

「二十五日の夜、あんたが榛名山の綾部山荘へ飛んでいったのは、武笠から重大な連絡を受けたためですね。大変なことになった、すぐに来てくれという武笠の要望があった。たとえば、綾部マリを殺してしまったとか……」

何とか使うまいとしていた貯金を、水木警部補はついに吐き出すことになった。

「馬鹿らしい」

弓江の声は、かすれていた。

机に微かな震動が、生じている。身体のどこかが机に触れていて、弓江の震えを伝えているのだった。香山弓江は、間もなく落ちる。そのように思いながらも、水木は気が気ではなかった。

6

熊谷市からの連絡が、いまだに届いていない。すでに午後四時三十分になろうとしている。富沢警部補め、いったい何をしているのかと、水木警部補は腹が痛くなりそうであった。証拠を見せろと弓江が反撃に出れば、しばしの休憩に追い込まれるのである。

水木は何度となく、ドアに視線を投げかけた。取調室には、電話機が設置されていない。何かあれば直接、取調室へ知らせにくる。それでノックされるはずのドアへ、意識が向けられることになるのだ。

「迎えに行ったはずの武笠を、あんたは連れて戻らなかった。その理由として武笠は泥酔《でいすい》のうえ寝込んでしまい、目を覚まさないので諦めて帰ってきたと、あんたは二ノ宮さんに言い訳がましく説明している」

水木は苛立《いらだ》たしさを表に出すまいとして、両手で強く左右の頰《ほお》を挟《はさ》みつけていた。

「また、律子さんですか」

香山弓江は、露骨にいやな顔をした。

「だけど、それは不自然だ。わざわざ群馬県まで迎えに行っておきながら、武笠が寝込んでしまって起きないからって、ひとりスゴスゴと帰ってくるもんですかね」

弓江の上半身にもわずかながら震えが寄せてくるのを、水木警部補は憐愍《れんびん》の情を催《もよお》しながら認めていた。

「さあ、それはそのときの気分次第でしょうね」

弓江の発声には、すっかり張りがなくなっている。

「一緒に一泊して次の日の朝、武笠とともに東京へ戻ってくるのが普通です。そうだとすれば武笠が寝込んでいて起きなかったというのも、あんたの嘘でしょうな。武笠もあんたと一緒に、東京へ引き揚げて来たんだ。ただ武笠は途中で姿を消して、マンションには戻らなかっただけですよ」

「どうぞ、好きなようにお考えください」

「二ノ宮さんの目を恐れ、武笠の関与を隠すためにそうしたんだ」

「わたくし、もう疲れました」

「どこかに一泊して武笠は翌日の午後、酔ってマンションへ帰ってくる。迎え酒と称してウイスキーを飲み、武笠はソファで寝てしまう。夕方になって帰宅したあんたは、高飦《たかいびき》で寝込んでいる武笠を眺めて、さすがに情けなくなった」

「今日はここまでにして、休ませてもらえませんか」

「こんな男を愛したがためにと、あんたは絶望感に襲われた。無性《むしょう》に腹が立ち、自己嫌悪に陥《おちい》った。あんたが武笠のコートのポケットに突っ込まれていた新聞を抜き取って、ビリビリに引きちぎったうえ屑籠《くずかご》に投げ入れたという粗暴な振舞いも、そのときのあんたの心境を物語っています」

「そんな細かいことまで、律子さんは喋ったんですね。わたくしのプライベートなことに関して、よくもベラベラと告げ口ができるもんだわ」

「二ノ宮さんは、悪に加担しなかったんですよ。それに二ノ宮さんは、諸悪の根源は武笠にありという見方をしていたのかもしれません」

「これは、何かの絵なんですか」

弓江はノートを、机の中央に押し戻した。

「地図です。群馬県、埼玉県、東京都をかなり正確に、描いたつもりなんですがね。△印は、榛名山です。□印は、熊谷市。○印は関越自動車道の渋川伊香保《しぶかわ》、高崎、花園《はなぞの》、東松山《まつやま》、川越《かわごえ》、東京練馬《ねりま》の各インターの位置を示しています」

水木は、△印や○印を指さした。

「そう言われてみると、確かに正確な地図ですね」

弓江は姿勢を崩すと、投げやりな感じで吐息した。

「榛名山からの帰り、関越自動車道を花園インターで出れば約十八キロで、熊谷市の元荒川の上流に行きつくことができる」

水木は静かに、ノートを引き寄せた。

弓江は急に老《ふ》け込んだように、背を丸くした上体をゆらゆらと揺らせていた。虚勢《きょせい》を取り除いたせいか、能面が疲れ果てた女の顔に変わっている。若き日の香川弓子の面影が消えて、あとに残ったのは苦労の多い三十二歳という年齢だった。

「でも、証拠がないんだから……」

自分に言い聞かせるように、弓江は小さな声でつぶやいた。

そのとき、取調室のドアがノックされた。水木は弾《はじ》かれたように立っていって、みずからドアを開いた。古賀管理官が緊張した面持ちで、水木警部補の耳に口を寄せた。密談は二十秒ほどで終わり、古賀管理官は去っていった。

水木はドアをしめて、ゆっくりと向き直った。弓江、御子柴、そして婦人警官が水木に注目している。重苦しい沈黙が、空気を凍《こお》らせるような静寂《せいじゃく》を招いていた。

「香山さん、死体が出ましたよ。新しく土を掘った形跡のある地点から、わずか三メートル離れたところに青いビニールシートに包み、ロープをかけられた若い女の死体が埋められていたそうです。身元はまだ確認されていないが、綾部マリに間違いない」

水木の口調に、晴れやかさはなかった。

音を立てそうな勢いで、弓江の上体が倒れた。両腕が机のうえに菱形《ひしがた》を作り、その中に弓江は顔を伏せていた。背中の震えが、とまらなくなっている。

「熊谷市の元荒川の上流の岸辺で、綾部マリの死体が埋められた地点と、あんたと武笠が井出香緒里の死体を掘り出した場所とは、三メートルしか離れていなかった」

席に近づいて、水木は弓江を見おろした。

弓江の嗚咽《おえつ》が、次第に大きくなっていく。

それが、何かを口走りながらの泣き声に変わる。さらには叫ぶように泣き喚《わめ》き、気も狂わんばかりに号泣《ごうきゅう》する。

「たとえ不実な男でも、あんたは一生を賭けて武笠を愛した。あんたは最後まで武笠の犯罪を否定し、隠蔽《いんぺい》工作に手を貸して、彼を庇《かば》い通したんだ。いまのあんたは、涙が涸《か》れるほど泣くべきだ。気がすむまで、泣いたほうがいい」

水木は弓江に、そう語りかけた。

あとは、忍耐である。弓江が泣きやむのを、じっと待つほかはない。御子柴刑事も婦人警官も、同様に辛抱することになる。四十分が経過して、ようやく弓江の泣き声が聞こえなくなった。

その瞬間に、香山弓江は落ちたのであった。弓江は無表情だったが、淡々とした語調で自供を始めた。水木の質問に答えるというより、弓江の一方的な告白に等しかった。

それによると発端《ほったん》はやはり、十月二十五日の夕方にかかった武笠からの電話であった。

武笠は榛名山の別荘で、綾部マリを殺害した。綾部マリが武笠にまとまった金を弓江から絞《しぼ》り取ってくるようにと、要求したことから激しい争いになったという。

武笠もマリも酔っていたので、口論の末に実力行使となったらしい。武笠は逆上して、マリに殴《なぐ》る蹴るの暴行を加えた。あげくの果てに、武笠はマリの首を締めた。ふと気がつくと、マリは絶息して死んでいた。

どうしたらいいのか、手を貸して欲しい、助けに来てくれ、死体の始末をしなければならない、と武笠は弓江に泣きついた。弓江も気が動転してしまったが、とにかく榛名山へ急行することにした。

関越自動車道の練馬インターへ向かう途中で、三軒のディスカウントショップに寄った。買った品物はスコップ二本、皮製の作業用手袋二組、ゴム長靴二足、ビニールシート、それにロープであった。

関越自動車道と伊香保・榛名道路を経て、榛名山の綾部山荘につく。弓江と武笠は大急ぎで、マリの死体の梱包に取りかかる。死体をビニールシートにくるみ、五カ所をロープで結んだ。マリの靴とバッグも、一緒にしてビニールシートに包んだ。

弓江と武笠は、榛名山中に死体を埋めることを思いつかなかった。死体はできるだけ遠くへ運んだほうが安全、という考えに捉《とら》われていた。死体を車のトランクルームに詰め込んで、弓江と武笠は東京を目ざすことになる。弓江と武笠は、車の中で相談をまとめる。

死体を東京まで運ぶのは危険なので、いったんどこかに埋める。明後日の夜、その死体を掘り出す。次の日、弓江が佐賀県まで死体を運搬して、県内のどこかに改めて埋め直す。今夜の武笠はマンションへ帰らず、東京のホテルに泊まることなどを決めた。

さて、マリの死体をとりあえず埋めるにしても、場所はどこにするのか。ぐずぐずしていると、東京についてしまう。そういったときに武笠が、関越自動車道から出てみようと提案した。

花園インターから出路して、車を走らせているうちに熊谷市内へはいった。熊谷市郊外の無人の闇《やみ》の中で、ここへ来たことがあると武笠が言い出した。間もなく、武笠が停車を命じた。

そこは元荒川の上流を目の前にして、人家も見当たらないし舗装道路もない一帯だった。川岸に沿って、畑と荒地が広がっている。弓江と武笠は、小さな野原の端に穴を掘ってマリの死体を埋めた。

かぶせた土のうえに、枯れ草を散らして目印とする。そのあと二人は、再び東京へ向かう。マンション・エスニックの近くでタクシーに乗り換えた武笠は、適当な宿泊先を求めて姿を消す。

十月二十七日の夜九時ごろ、弓江と武笠はマンション・エスニックの地下の駐車場で落ち合った。弓江の車は、熊谷市へとひた走る。元荒川の上流の岸辺は、この夜も厚い闇に閉ざされていた。

撒《ま》き散らした枯れ草は目印の役を果たしていなかったが、掘り返された新しい土ということで何とか見当がつく。弓江と武笠は、その場所を掘った。死体を包んだビニールシートが、すぐに現われた。

青いビニールシートに、変わりはなかった。ロープが別製品であって結び目の数も違っていようと、冷静さを欠いて闇の中にいる二人に、見分けがつくはずはなかった。まして昨日、三メートルという至近距離に井出香緒里の死体が埋められたなどとは、予想のしようもないのである。

この日、弓江が新たに用意してきたものはシーツが一枚、柄のついたブラシ一本、ポリエチレン製のバケツがひとつだった。弓江と武笠はバケツやブラシを使い、死体を包んでいるビニールシートを洗った。

洗い終わるとシーツでそっくり覆《おお》って、車の中へ死体を運び込む。ここで結果的に、死体が入れ替わったのだ。弓江と武笠が綾部マリと決めてかかっていたのは、実は井出香緒里の死体だったのである。

翌朝、弓江は井出香緒里の死体を積んだ車で、佐賀県への長距離ドライブに出発した。見も知らない人間が殺して埋めた縁もゆかりもない女の死体を、遠く佐賀県に隠匿《いんとく》するという無意味なことのために、弓江は二十時間以上も車を走らせるのであった。

「赤間康次も井出香緒里を殺して埋めるつもりで、青いビニールシートとロープを準備していた。そして図《はか》らずも二人の若い女性の死体が、わずか三メートルの距離を隔てて同じ場所に埋められた。それも、三日間のうちにだ。殺人や死体の処理が普遍化すればするほど、そういう驚くべき偶然も増えていくんだろう」

水木警部補はいま目の前で、急激に痩《や》せ細ったような弓江を見やった。

「武笠とわたくしのとんでもない間違いが、赤間さんの殺人という犯罪まで暴《あば》いてしまったんですね」

香山弓江は、焦点の定まらない双眸《そうぼう》を潤《うる》ませた。

「おかげで、井出香緒里も成仏《じょうぶつ》するってことになった。これで赤間康次の完全黙秘も、続かなくなるだろう。井出香緒里の衣服や所持金をどう始末したかも、間もなく明らかになる」

「武笠は、どうなるんですか」

「殺人と死体遺棄の疑いで、逮捕状を請求する。明日までに行方がわからなければ、全国指名手配だ」

「指名手配……」

「あんたも死体遺棄の容疑で、再逮捕ってことになる」

「刑事さんの勝ちでしたね」

「お手柄は、鑑識さんと科学捜査研究室のスタッフにある。それに、あのムサシトミヨだ。ムサシトミヨのトゲによって事件現場が特定されなければ、井出香緒里と綾部マリの死体の入れ替わりという発想はあり得なかった。いまだに謎を解くことができないで、あんたの知らぬ存ぜぬに翻弄《ほんろう》されていて、事件解決の見込みも立っていないだろう」

「やっぱり、刑事さんの勝ちでした」

「あんたたちがビニールシートの泥を落とそうと、あの川の水で洗ったことからムサシトミヨのトゲが、神さまの使者になってくれたんだ。勝ち負けじゃなくて、運命だと思うよ。あんたの素晴らしい過去から、現在に至るまでの運命もそうだけど……」

「有田町から見て、西九州自動車道の波佐見・有田インターの東側の山林でスコップ二本、ゴム長靴二足、手袋二組、柄付きブラシ、バケツなんかを広い範囲に捨てて回りました。これらは、物的証拠になるんでしょうか」

「犯人でなければ知らないことを自供して、それが事実というふうに裏付けられれば、〝秘密の暴露《ばくろ》〟といって決定的な犯人認定の証拠となる。今日は暗くなって無理だろうから明日の午前中に、あんたが立ち会ったうえで捨てたものを捜さなければならんね」

「どうも、お手数をおかけします」

弓江は、頭を下げた。

「あんたも、ご苦労なこった。武笠のために、やらなくてもよかったことをやらされてさ」

水木警部補には、弓江を落としたという勝利感がまるでなかった。

「でも、おかげで武笠が遠くの人に、感じられるようになりました」

弓江はノートのうえに、二粒のドロップを転がした。

「人生ってみんなそうなんだろうけど、むかしはよかったと思う。現在より過去のほうが、ずっと素晴らしい。あんただって、そうじゃないか。むかしの香川弓子も、あの〝縁切り〟という歌も、ほんとによかったなあ」

水木警部補は、黄色いドロップを口に入れた。

不意に弓江が、歌を口ずさんだ。当然、大きな声は出さない。椅子に腰かけたままだし、遠慮がちに歌うのであった。しかし、かつてのスター歌手の独唱であり、声が美しくて節回《ふしまわ》しも正確だった。

街灯の下　薄明かり
通う路地裏　今日かぎり
地の果てまでも見るような
静かで暗い眼差しを
わたしに投げて背を向けた
生き別れなの

それとも二人　死に別れ

むかしの香川弓子の歌を、ステージやテレビで聞くのとは違う。だが、いまの香山弓江が歌う『縁切り』には、独特の味わいがある。なぜか鼻にツーンと痛みを感じて、水木警部補は夢中で手を叩いた。

「これから五時間ばかり暇をもらって、死に別れの従妹のお通夜に顔を出してきますよ」

拍手を送りながら、水木警部補は立ち上がった。

一礼した香山弓江の右手の指が、赤いドロップを摘《つ》まんでいた。

水木警部補は、有田署をあとにした。五時間後には、また有田署へ戻ってこなければならない。しかし、それまでの五時間の水木警部補は、水木正一郎でいられるのである。雨が降り出していた。

ハンドルを握る水木正一郎の耳に、香山弓江の演歌が聞こえてくる。おそらく福岡につくまでは、『縁切り』が道連れとなるに違いない。

解説――あなたも水木正一郎に落とされる

書評家　杉江松恋《すぎえまつこい》

取調官はホシに惚《ほ》れさせなければならない。

以前に話を伺ったことのある元刑事の言葉である。

その元刑事によれば、被疑者に全幅の信頼感を抱かせてこそ自白を引き出すことができるのであり、机を叩くが如き威圧行為は無意味なのだという。惚れさせる、とはよく言ったもので、その一言を発してしまえば被疑者の運命は決まってしまうのだから、よほどのことがない限り、私がやりましたと認めるはずはない。してみれば取り調べとは、全存在をかけての魂のやり取りなのだろう。一つの部屋の中で、ただ言葉のやり取りだけをもってそれが行われるわけだ。元刑事の話を聞きながら、いっぺんでいいからその模様を聞いてみたいものだと私は思った。はなはだ不謹慎なことで恐縮だが、絶対におもしろそうではないか。

笹沢左保《ささざわさほ》〈取調室〉シリーズは、この究極の密室劇を描くことを主眼としている連作だ。一般人が覗《のぞ》き見ることが許されない取調室内の出来事を疑似体験できる興味深い娯楽小説、その第二弾が本書『取調室2　死体遺棄現場《げんじょう》』である。

シリーズの主役である水木《みずき》正一郎《しょういちろう》警部補は、「落としの達人」「取調べの神さま」などの異名を持つベテランだ。初登場時は四十五歳、熊本県の私立大学を卒業後、佐賀県警に奉職して一環して捜査畑で働いてきたという叩き上げである。県警本部捜査一課に配属されてからの十五年で取調べに異色の才能を発揮して注目される存在となった。この水木警部補とさまざまな被疑者との対決が各作では描かれていく。

通常の警察小説は事件捜査に関する叙述《じょじゅつ》が中心となる。現場の捜査官が経験知と科学的な思考に基づいて入り組んだ事件の背景を解き明かし、犯人を追い詰めるさまが描かれるのである。本シリーズは少し違っていて、開巻後すぐに容疑者の身柄は押さえられる。その人物に犯行を認めさせるまでの物語なのだ。取調官と被疑者による肚《はら》の探り合いが描かれる。その緊張感に満ちた会話のやりとりが、第一の読みどころである。

小説の魅力にはさまざまな要素があるが、会話の妙もその一つだ。日常会話が実感こめて綴《つづ》られることを好む人がいれば、軽妙洒脱《けいみょうしゃだつ》な言葉のやりとりがあってこそ、と考える読者もいるだろう。本シリーズが提供してくれるのは、密度の高い会話劇である。なにしろ、有罪になるかならないかという運命の瀬戸際にいる人間が交わす言葉なのだ。相手をはぐらかそうとして発せられた戯言《たわごと》でさえ重い意味を持つ。会話の真剣勝負というものがあるとすれば、まさにそれだ。

論理的な裏付けなしに自白を引き出しても意味はない。いや、作中ではそれで済んでも、ミステリー読者は納得しないだろう。物語が始まってすぐに逮捕が行われるということは、裏返して言えば十分な手がかりが与えられないうちに、犯人の候補者だけが読者に提示《ていじ》されるわけである。論理構築のために必要な欠片《かけら》を、水木警部補は取調べを進めながら探さなければならない。後から捜査によって発見される証拠品ももちろんあるのだが、被疑者自身から最も重要な手がかりが与えられるというのが本シリーズの特徴である。ともすれば聞き逃してしまいそうな些細《ささい》な表現の綾《あや》、会話の中でうっかり発したボディーランゲージなどが、水木にとっては見逃せない手がかりとなる。読者も水木の目や耳を借りながら、被疑者の心理状態を探っていくべきであろう。

主人公の視点に同化しながら読むという行為が、時に驚きの源泉にもなる。水木が収集した情報はすべて現在進行形で読者に与えられるが、彼の脳内で組み立てられている推理までが共有されるわけではないからだ。水木が取る行動の意味がわからなかったり、明らかに間違った方向に進んでいっているように見えたりする瞬間が読書中には必ず訪れる。水木が思考を深めていった結果、現実からかけ離れた突飛な仮説に到達するからだ。その不可視領域に彼が足を踏み入れてから、手の内を明かすまでの不安極まりない時間がたまらない興奮を招くのである。

水木が開陳する推理は奇抜なように見えて、実は論理に十分裏打ちされたものである。読み返せば、あちこちにしかるべき伏線があることに気づかされるはずだ。不可能なことをすべて消去していったとき、残ったものはいかにありえないように見えたとしても真実である、と語ったシャーロック・ホームズの方法論はここでも正しい。そうした意味では水木正一郎は紛《まぎ》れもなく名探偵の系譜上にいる人物なのである。名探偵にはさまざまな奇癖《へき》がつきものだが、水木にもある。彼は、この日に被疑者を落とす、つまり自白を引き出すと決意した朝には新しい白木綿の褌《ふんどし》をしめるのだ。まさに緊褌一番《きんこんいちばん》、本書では第五章「死に別れを歌う」の冒頭に置かれた場面が描かれたらいよいよ大詰めで、読者も気が抜けなくなる。

シリーズの書誌は以下の通りである。

『取調室　静かなる死闘』（初出：『小説宝石』一九九三年九月号〜同十月号。連載時の題名は「取調室」）光文社カッパ・ノベルス、一九九三年一一月→光文社文庫、一九九六年九月（二〇〇八年七月、新装版）→祥伝社文庫、二〇二一年五月。

『取調室2　死体遺棄現場』（初出：『小説宝石』一九九四年十二月号〜一九九五年四月号。連載時の題名は「事件現場」）光文社カッパ・ノベルス、一九九五年五月→光文社文庫、一九九七年十一月→本書。

『取調室3　敵は鬼畜』（初出：『小説宝石』一九九六年十二月〜一九九七年四月号。連載

時の題名は「敵は鬼畜」）光文社カッパ・ノベルス、一九九七年五月↓光文社文庫、一九九九年八月。

『取調室4　水木警部補の敗北』（初出：『小説宝石』一九九八年四月号〜同七月号。連載時の題名は「水木警部補の敗北」）光文社カッパ・ノベルス、一九九八年八月↓光文社文庫、二〇〇〇年三月。

『取調室　静かなる死闘』は第一作ということもあり、水木正一郎と被疑者との取調室内における対決のみに焦点を絞《しぼ》った作品である。それゆえ比類なき緊迫感があるが、同工異《どうこうい》曲《きょく》の続篇を送り出すことを笹沢は潔《いさぎよ》しとしなかったのだろう。続篇である本書では新要素が付け加えられている。変更点の第一は、水木が取調室に入ってからも事件捜査が続行していることだ。小説は窯業《ようぎょう》で有名な有田《ありた》町の泉山《いずみやま》磁石場《じせきば》から始まる。そこに埋められたばかりの死体が偶然の重なりによって発見されたのだ。現場から逃走したとみられる車の主が、やがて逮捕される。被疑者は佐賀の出身だったが現在は東京在住であり、死体遺棄のためにわざわざ帰郷したと見られる。このため県警本部は捜査班の一団を東京に派遣するのである。

　調査の模様は随時水木の元に報告され、新たな推理の材料を提供する。この東京行きで判明する事実がどれも意外なものであるために、水木は困惑することになる。パズルのピースとしては不適切なものでありすぎ、想定される事件の形にうまくはまらないからだ。

供述の矛盾を衝《つ》いて被疑者を攻めるのと同時に、水木は所与《しょよ》の条件を満足させる事件のありようとは何か、言い換えるならばパズルに描かれた絵柄はどのようなものかを考えなければならなくなる。探偵が取り組まなければならない課題を複数にしたことで、前作にはなかった奥行きが生じ、物語の成り行きがどうなるかわからないという意外性が出た。取調室内で展開する会話劇という純粋性では前作に一歩譲るものの、推理のおもしろさ、独自性においては本作に軍配を上げたい。これぞ推理劇というカタルシスを結末では味わえるはずだ。

もう一つの変更点は、人間・水木正一郎を前面に出したことである。逮捕された被疑者・香山弓江《かやまゆみえ》は、香川弓子の芸名で一世を風靡《ふうび》した歌手だった。彼女のデビュー曲「縁切り」は水木の愛唱歌でもある。しかも香山の取調べを進める中で、彼の元にはかつての恋人が危篤《きとく》状態に陥ったという連絡が入った。すぐにでも病院に駆けつけたい水木だが、自らの気持ちを表に出すことはなく職務を遂行《すいこう》し続ける。恋の記憶を封印して生きてきた男が対決する相手は、皮肉にも青春の思い出を呼び覚ます、かつての歌姫なのである。

こうしてキャラクターを深化させた結果、水木の造形には人生の経験を重ねてきたからこその陰翳《いんえい》が加わった。水木が人の非情さに思いを馳せる第三作『敵は鬼畜』、自身の弱さと向かい合う第四作『水木警部補の敗北』と、以降の作品では主人公の魅力もぐっと増している。このシリーズの舞台が佐賀県に置かれているのは、作者が一九八八年に東京から居を移したためである。本文庫『取調室　静かなる死闘』巻末に、その心境を記した「ひとりだけの遷都《せんと》」「遥かなり東京」の二随筆が収録されているので、興味のある方はぜひお目通しいただきたい。仙台《せんだい》の伊坂幸太郎《いさかこうたろう》など、小説の舞台に地元を使う作家は多いが、笹沢のような例はなかなか珍しいのではないだろうか。

第一作では、県庁所在地の佐賀市内にあるホテルで起きた殴殺事件が描かれていた。前述したように第二作である本書の舞台は焼き物で有名な有田町だ。続く『敵は鬼畜』は長崎本線と鹿児島本線が分岐するJR鳥栖《とす》駅の構内で親に遺棄されたと思われる少女が発見される場面から始まる物語、『水木警部補の敗北』は県のほぼ中央に位置し、標高千メートルを超える天山《てんざん》のそびえる多久《たく》市で謎の死体が発見される。笹沢は二〇〇二年に亡くなっており、惜しくも四作でシリーズは終了したが、書き継がれていたとしたら県内のどこが描かれていただろうか。佐賀には有明海《ありあけかい》の干潟《ひがた》がある。唐津《からつ》の虹《にじ》の松原《まつばら》、いや温泉で有名な嬉野《うれしの》・武雄《たけお》か、と想像を逞《たくま》しくしたくなるのである。そうだ、吉野ケ里《よしのがり》遺跡もあったか。

（この作品『取調室２　死体遺棄現場』は、一九九七年十一月、光文社より刊行されたものを底本にしました）

取調室2　死体遺棄現場

一〇〇字書評

切り取り線

購買動機（新聞、雑誌名を記入するか、あるいは○をつけてください）

□（　　　　　　　　　　　）の広告を見て	
□（　　　　　　　　　　　）の書評を見て	
□ 知人のすすめで	□ タイトルに惹かれて
□ カバーが良かったから	□ 内容が面白そうだから
□ 好きな作家だから	□ 好きな分野の本だから

・最近、最も感銘を受けた作品名をお書き下さい

・あなたのお好きな作家名をお書き下さい

・その他、ご要望がありましたらお書き下さい

住所	〒				
氏名		職業		年齢	
Eメール	※携帯には配信できません	新刊情報等のメール配信を 希望する・しない			

この本の感想を、編集部までお寄せいただけたらありがたく存じます。今後の企画の参考にさせていただきます。Eメールでも結構です。

いただいた「一〇〇字書評」は、新聞・雑誌等に紹介させていただくことがあります。その場合はお礼として特製図書カードを差し上げます。

前ページの原稿用紙に書評をお書きの上、切り取り、左記までお送り下さい。宛先の住所は不要です。

なお、ご記入いただいたお名前、ご住所等は、書評紹介の事前了解、謝礼のお届けのためだけに利用し、そのほかの目的のために利用することはありません。

〒一〇一－八七〇一
祥伝社文庫編集長　清水寿明
電話　〇三（三二六五）二〇八〇

祥伝社ホームページの「ブックレビュー」からも、書き込めます。
www.shodensha.co.jp/bookreview

祥伝社文庫

取調室《とりしらべしつ》2　死体《したい》遺棄《いき》現場《げんじょう》

令和 3 年 9 月 20 日　初版第 1 刷発行

著　者　笹沢《ささざわ》左保《さほ》

発行者　辻　浩明

発行所　祥伝社《しょうでんしゃ》
東京都千代田区神田神保町 3-3
〒101-8701
電話　03（3265）2081（販売部）
電話　03（3265）2080（編集部）
電話　03（3265）3622（業務部）
www.shodensha.co.jp

印刷所　萩原印刷
製本所　ナショナル製本
カバーフォーマットデザイン　芥 陽子

Printed in Japan ©2021, Sahoko Sasazawa　ISBN978-4-396-34761-1 C0193

祥伝社文庫の好評既刊

笹沢左保
金曜日の女 新装版
この物語を読み始めたその瞬間から、あなたは「金曜日の女」に騙されている。自分勝手な恋愛ミステリー。

笹沢左保
白い悲鳴 新装版
愛憎、裏切り、復讐……殺人の陰に潜む哀しい人間模様を描く。意表突くどんでん返しの、珠玉のミステリー集。

笹沢左保
死人狩り
銃撃されたバス乗員乗客二十七人、全員死亡。犯人は誰を、なぜ殺そうとしたのか。大量殺人の謎に挑むミステリー。

笹沢左保
異常者
「異常者」は誰かの「恋心」のすぐ隣にいる――男と女の歪んだ愛を描いたミステリーの傑作！

笹沢左保
殺意の雨宿り
偶然知り合った四人の女が企てた、交換殺人。たった一つの憎悪が導く、予測不可能な結末とは――。

笹沢左保
断崖の愛人
幸せへの執着からすべては始まった。明かされた真実の、切ない悲しみとは。男と女の愛憎を描いたミステリー！

祥伝社文庫の好評既刊

祥伝社文庫の好評既刊

富樫倫太郎 生活安全課0係《ゼロ》 ファイヤーボール

杉並中央署生活安全課「何でも相談室」通称0係。異動してきたキャリア刑事は変人だが人の心を読む天才だった。

富樫倫太郎 生活安全課0係 ヘッドゲーム

名門高校を調べ始めた冬彦《ふゆひこ》と相棒・高虎《たかとら》の前に一人の美少女が現われた。娘は殺された――。生徒の自殺が続く

富樫倫太郎 警視庁ゼロ係 小早川冬彦❶ 特命捜査対策室

警視庁の「何でも相談室」に異動になった冬彦。新しい相棒・寺田寅三《てらだとらみ》とともに二十一年前の迷宮入り事件に挑む！

中山七里 ヒポクラテスの誓い

法医学教室に足を踏み入れた研修医の真琴《まこと》。偏屈者の法医学の権威、光崎《みつざき》とともに、死者の声なき声を聞く。

中山七里 ヒポクラテスの憂鬱《ゆううつ》

全ての死に解剖を――普通死と処理された遺体に事件性が？　大好評法医学ミステリーシリーズ第二弾！

樋口明雄 ダークリバー

あの娘に限って自殺などありえない。真相を探る男の前に、元ヤクザの若者と悪徳刑事が現れて……？

祥伝社文庫の好評既刊

樋口明雄　**ストレイドッグス**

昭和四十年、米軍基地の街。かつての仲間たちが暴力の応酬の果てに見たものは――。

東野圭吾　**ウインクで乾杯**

パーティ・コンパニオンがホテルの客室で服毒死！　現場は完全な密室。見えざる魔の手の連続殺人。

東野圭吾　**探偵倶楽部《くらぶ》**

密室、アリバイ崩し、死体消失……政財界のVIPのみを会員とする調査機関・探偵倶楽部が鮮やかに暴く！

山田正紀　**恍惚《こうこつ》病棟**　新装版

死者からの電話がすべての始まりだった――。トリックを「知ってから」さらに深みを増す驚愕の医療ミステリー。

山田正紀　**灰色の柩《ひつぎ》**　放浪探偵・呪師《しゅし》霊太郎

昭和という時代を舞台に、北原白秋の童謡「金魚」にそって起きる連続殺人の謎に迫る！

柚月裕子　**パレートの誤算**

ベテランケースワーカーの山川《やまかわ》が殺された。被害者の素顔と不正受給の疑惑に、新人職員・牧野聡美《まきのさとみ》が迫る！